KB272387

천안문

천안문

발행일   2026년 4월 10일

지은이   석원탁
펴낸이   손형국
펴낸곳   (주)북랩

출판등록   2004. 12. 1(제2012-000051호)
주소   서울특별시 금천구 가산디지털 1로 168, 우림라이온스밸리 B동 B111호, B113~115호
홈페이지   www.book.co.kr
전화번호   (02)2026-5777   팩스   (02)3159-9637

ISBN   979-11-7598-179-9 03810 (종이책)   979-11-7598-180-5 05810 (전자책)

작가 연락처 문의 ▸ ask.book.co.kr
전용 게시판에 문의를 남기시면 저자에게 직접 전달됩니다.

(주)북랩 성공출판의 파트너
북랩 홈페이지와 SNS에서 다양한 출판 솔루션을 만나 보세요!
홈페이지 book.co.kr   •   **블로그** blog.naver.com/essaybook   •   **출판문의** text@book.co.kr
카톡채널 북랩

그해 양청후 털게는 사라졌다

천안문

석원탁

북랩

언젠가 이 책을 읽고 있는 어떤 독자는 생각하겠지…

이거 내가 예전에 생각한 내용인데… 사실 내가 그런 사람이었다.

인생은 흘러가고 몸은 늙어가고… 참 재미있는 세상이다.

"이 책 왜 썼어요."

누군가 묻는다면…

나도 모르게 농담으로 이렇게 대답할 것 같다.

첫째 할 일이 없어서…

아니 영감을 막을 수가 없어서…

이미 소설 속에서 벽에 차를 박는 순간 나는 느꼈다.

코끼리는 끝났다고… 그리고 나도 막을 수 없었다고…

문득 컴퓨터를 봤더니 사실 이 책의 뼈대는 2017년 2월 14일에 썼다고 저장되어 있었다.

참 웃긴 일이다.

2025년 3월 31일 스타벅스에서 컴퓨터를 끄적거리며 쓰고 있으니 말이다.

나도 내가 뭘 하고 있는지 모르겠다.

'이제 그냥 안 가 본 길을 갈 뿐이다.'

1장   죽음

2026년 4월 4일 새벽 4시 44분 '밀도'   **10**
- 미령의 독백 : 모놀로그

2026년 4월 4일 그날 새벽 5시   **14**

2023년 6월 3일 천안문광장 정오   **17**
- 작품 : 하루

1987년 6월 29일 약혼식   **23**

1988년 9월 17일 서울 올림픽 개막식   **31**

1988년 11월 '신북평(新北平) 2026'   **35**

1989년 4월 4일 이화원   **38**

1989년 5월 5일 결혼   **44**

1989년 6월 3일 어긋   **50**

1989년 6월 3일 자정 천안문광장   **55**

1989년 6월 4일 정오   **59**

1989년 6월 4일 자정   **62**

2017년 1월 20일 태수의 죽음   **65**

1989년 6월 5일 정오   **68**

1989년 6월 6일 아침 9시   **72**

1989년 6월 17일 괴로움   **75**

1989년 8월 8일 그리움   **78**

2장 희망

눈망울   82

입학식   87

마리아와의 만남   90

졸업식   93

양국에서   97

애령의 도움   102

북경올림픽 개막식   106

이주   108

학량의 성장   113

우연   116

3장 우울

2024년 3월 고구려대학 입학   122

2025년 본과 입학 - 주일 데이트   125

2025년 5월 엄마와의 통화   128
- 작품 : 그날 아침

2025년 여름 방학 - 페낭   134

2025년 가을 어느 날   139
- 작품 : 조타 Jolly good
- 작품 : 오타

2025년 12월 24일 부산행   149
- 작품 : 와이키키
- 작품 : 아마겟돈

2026년 4월 복잡함   **163**
- 작품 : Self defense
- 작품 : 행오버(숙취)
- 작품 : 무결

먹먹   **178**

4장 되갚음

귀국   **188**

2026년 6월 6일 디데이   **193**
- 작품 : 사랑했어

스타라인 AM 4 : 44   **211**

Conologue(first) : conclusion + monologue   **216**

Conologue(last)   **219**

Epilogue   **229**
- 중경 18계단에서

1장 봄

2026년 4월 4일

새벽 4시 44분 '밀도'

미령은 새벽 4시에 눈을 떴다. 아무도 깨우지 않았다. 알람도 설정하지 않았다. 방 안에 밀도가 가득 찼다. 무언가 미령을 누르고 있었다. 물방울은 아니었다. 공기에 밀도가 있는 것처럼 느껴졌다. 미령은 마치 다음 계획이라도 있는 듯 눈을 뜨자마자 물을 한 모금 마시고 찬물로 샤워했다. 찬물이 차갑게 느껴지지 않았다. 그리고 옷을 입고 지하 주차장으로 향했다. 체크아웃은 의미가 없었다.

북경반점 호텔에서 나와 내외장안가(內外長安街)-전문동대가(前门东大街)-인민대회당서로(人民大会堂西路)-남장가(南长街)-북장가(北长街)-경산전가(景山前街)-북하연대가(北河沿大街) 그리고 마지막으로 '정의로'(正意路)를 계속 돌았다. 안개가 자욱했다. 일곱 바퀴를 그 길을 따라 계속 회전한 다음, 그녀는 광장서측로(廣场西側路)에 들어갔다. 그리고 곧바로 인민영웅기념비로 향했다. 모택동 기념관이 오른쪽 창가에 보였다. 마치 모택동이 옆에 타고 있는 것처럼 느껴져서 머리를 한 번 쳤다. 조수석 헤드레스트였다. 이제 거의 도달했다. 지유와 만나기로 했었던 장소다.

천안문

"우리 헤어지면 매년 8월 8일 저녁 8시 8분에 여기서 만나."

지유와 그렇게 약속했었다.

'그런데 D-데이는 4월 4일 새벽 4시 44분이네, 웃긴다.'

순간적으로 우회전을 하며 천안문광장으로 들어갔다. 그리고 급발진하며 속도를 올렸다. 눈앞에 유령만이 보일 듯 안개가 꽉 찼다. 그리고 나의 목적을 달성할 수 있는 순간이 다가왔다고 직감했다. 시간을 되돌리고 싶었다. 마치 헤어지고, 만나기로 한 장소에 박으면 꼭 내가 사라질 것만 같았다. 다시 그 시간으로 돌아갈 수 있다고 믿었다. 그것만이 내가 할 수 있는 유일한 방법이었다. 그런데 갑자기 눈앞에 기념비 왼쪽 측면이 나타났다. 본능적으로 자신도 모르게 핸들을 왼쪽으로 급하게 틀었다. 오른쪽 앞뒤 바퀴가 들린 채 달리고 있었다.

차는 국기 게양대를 향해 돌진하고 있었다. 사람들과 부딪치지 않으려고 있는 힘껏 왼쪽으로 핸들을 틀었다. 모든 게 꿈만 같았다. 이미 정신은 몽롱했다. 차가운 물로 샤워한 것도 소용이 없었다. 곧이어 차는 '장안가'(長安街) 천안문 도로를 관통하고, '외금수교'(外金水橋) 아치형 다리에서 다시 급발진해 '부우웅' 소리를 내며 떠올라 자금성 벽에 있는 초상화에 꽂혔다. 그리고 초상화와 같이 폭발했다.

미령의 독백 : 모놀로그

이제 0.05초면 끝나겠네... 아쉽지 않아...

어차피 내 인생은 생각대로 된 게 하나도 없었어...

근데 왜 내 과거가 파노라마처럼 지나가지 않지...

임사체험한 사람들은 하나같이 살아온 여정이 파노라마처럼 지나간다고

했는데...

이미 난 죽은 건가... 그럼 몽중인(梦中人)이야...

불쌍해...

깃발을 보고 있는 사람도 불쌍하고, 새벽부터 정복 입고 의례를 진행하는

사람도...

언젠간 알게 되겠지... 우리들은 AI였다는 걸... 그것도 가장 저급한 숙주의

귀신이었다는 걸...

아직도 생각이 멈추질 않네... 이제 중앙처리장치가 꺼질 때도 되었는데...

어떻게 될까...

내 생각대로 될까... 남자 친구 몸으로 들어가고 싶었는데... 이 작은 태양계

에서 찾고 싶었는데...

사랑은 예언도 패한다고 쓰여 있었는데...

아쉬워...

인생의 종착역도 난 너무 힘드네...

보인다... 점이 보여... 인민의 마빡점이 아닌 인민의 턱점...

이제 어떻게 될까... 정말 이뤄지면...?

그놈도 살아서 죽어야 하는데, 죽어서 죽어봤자, 부관참시인데...

천안문

그래도 정리할 거야... 다 정리할 거야...

모든 게 원점으로 돌아가지 않겠지만...

근데 여기가 어디지... 이미 시공간이 초월한 세계로 들어와야 했는데...

아직도 아들 학량이 생각나네... 미안하다...

그래도 자살은 자살이야... 진실은 간결하지...

이게 내 한계네...

'눈물이 핑'...

내가 못 가는 천국은 어떤 모습일까...

... 쾅 ... 끝...

2.

2026년 4월 4일

그날 새벽 5시

전군 경계령이 떨어졌다. 엉겁결에 대만도 데프콘에 들어갔다. 한국, 북한도 마찬가지였다. 동북아가 이런 상황이다 보니 전 세계가 무슨 일이 일어난 건지 알기 위해 난리가 났다. 사람들이 부랴부랴 움직였다. 발등에 불이 떨어진 정도가 아니었다.

우선 자금성 정문에는 검은 천이 내려졌다. 사람들은 바퀴벌레처럼 사라졌다. 도시 전체가 적막 그 자체였다. 모든 북경 사람들의 움직임이 통제되었다. '그냥 집밖에 나오지 말라'고 했다. 모택동 기념관도 검은 천막이 쳐졌다. 낮 12시가 되어서야 비로소 사람들이 움직일 수 있도록 허가가 내려졌다. 사람들은 평상시처럼 움직였지만 뭔가 불안한 마음이 있었다. 소문이 돌기 시작했다.

'그냥 모택동이 강시가 되어 북경에 돌아다닌다더라….'

'그 자신이 자동차로 초상화를 태워 버렸다더라….'

'공무원들이 떨고 있다더라….'

'아직도 이 정도밖에 국가 운영을 못하냐고 꾸짖고 다닌다더라….'

황당한 소문은 계속되었다. 오죽했으면 어떤 사람은 '천안문 사태 진압을 지시한 국방부장의 묘가 파헤쳐졌다.'라는 이야기도 했다. 삼삼오오 모인 사람들은 그 얘기를 듣고 웃겨 죽을 지경이었다.

"상을 줘야지, 왜 누가 무덤을 파헤치고 다니지…, 캬캬."

'틱톡', '위챗' 등 SNS 회사 직원들은 그날 마치 핵폭탄 맞은 것처럼 바빴다. 새벽에 사람들이 올린 사진이 일파만파로 퍼져 나갔기 때문이었다. 천안문광장의 사진과 동영상을 올린 사람의 아이디는 곧바로 동결되었다. 하지만 매우 빨리 퍼져 나갔다. 결국 오전 7시에 '틱톡'과 '위챗'은 전기를 내렸다.

"지금은 서비스 점검 중입니다."

결국 12시 정오가 되어서야 전기가 올라갔다. 중국 내 모든 인터넷은 오전 7시부터 낮 12시까지 스위치가 내려졌다. 정오까지 도시 전체가 마비 상태였다. 아니, 중국 전체가 마취 주사 맞은 사람처럼 겉보기에는 잠들어 있었다. 사람들은 모두들 어리둥절했다. 거리에는 경찰이 넘쳐났다. 사람들의 휴대폰을 점검하고 있었다. 사진이 저장되어 있으면 바로 경찰차에 붙들려서 실려 갔다. 잡혀온 사람들로 인해서 경찰서도 인산인해였다.

"우리도 이 정도 자유는 있어야 하는 거 아닌가요?"

사람들은 외쳐댔다. 모든 게 엉망진창이었다. 특별한 일이 생긴 것도 아닌데 말이다. 그냥 차 한 대가 벽을 박았을 뿐이었다.

사람들은 엄청난 압박감에 시달리고 있었다. 그냥 숨이 막혀 멎는 것과 같았다. 그 일이 있고 10년 후, CCTV 다큐멘터리 프로그램 '紀實'

(기실)에서 밝혔다.

"제네시스 G90 프레지던트 흰색 차량이 새벽에 급출발하여 초상화에 충돌했다."

"운전수는 만취 상태였다."

그러나 사람들은 모든 사실을 알고 있었다. 황당한 소문도 다 진실이었다. 그 일 이후 현대 차는 중국에서 없어서 못 팔았다. 특히 제네시스는 구매하려면 2년을 기다려야 했다. 사람들은 기다렸다. 그 시대의 식자(識者)로 보이기 위해서는 '제네시스'(創世記)가 필요했다.

천안문

3.

2023년 6월 3일

천안문광장 정오

그날 북경의 모습은 일상과 다름이 없었다. 이제 코로나도 거의 힘을 잃은 상태였다. 모두들 평온한 주일 낮을 즐기고 있었다. 천안문광장은 여느 주말처럼 관광객들로 인산인해였다.

한 중년 남성이 천안문광장 인민영웅기념비 아래에서 흰 옷을 입고 서 있었다. 그는 노래를 부르고 있었다. 특이한 점은 한국 가요를 부르고 있다는 것이었다. 노래 제목은 '걱정 말아요, 그대'와 '그것만이 내 세상'이었다. 지나가는 관광객들과 북경 시민들은 그에게 아무런 관심이 없었다. 그 또한 특별한 표정이 없었고, 아무런 의지나 힘도 없어 보였다.

'3*S'라는 로고가 쓰인 모자를 쓴 중년 남성이 주머니에서 종이를 꺼냈다. 그리고 낭독하기 시작했다. 지나가던 시민들은 미친 사람이라고 생각할 뿐 아무런 관심조차 주지 않았다. 마치 모든 인간들에게 투명인간과 같은 처지였다. 지나가는 행인들 중에는 "저런 돌아이 새끼!"라고 하며 혀끝을 차는 사람도 있었다. 사실 그가 읽은 성명서 내용은 특별할 것이 없었다. 요약하면 다음과 같다.

"이 꽁산당 나쁜 놈들아!"

"내 아들 돌려줘!"

"난 내 아들 태수가 너무 보고 싶어."

"난 니 놈 꽁산당을 벌줘야 해."

"꽁산당 너희들은 인간에게 타고난 선(善)을 말종시켰어."

"이 죽일 놈들아!"

그는 소리치며 초록색 작은 병에 들은 소주를 들이켰다. 그리고 게속 노래를 불렀다. 그리고 중간 중간에 "이 공산당 씨발놈들아!"라고 외쳤다.

그가 노래를 시작한지 10분도 지나지 않아서 공안(公安)들이 에워쌌다. 공안들도 구경하면서 중얼거렸다.

"이 새끼 도대체 뭐야?"

그는 가방 안에 들어있는 흰색 캡슐 알약 하나를 먹었다. 그리고 그대로 앞으로 고꾸라졌다. 쿵 소리를 내며 돌바닥에 머리를 그대로 박았다. 바닥은 곧 피가 홍건해졌다. 순간 아수라장으로 변했다. 다른 손에 쥐고 있던 종이들도 다 흩어졌다.

이 과정을 처음부터 지켜보며 녹화한 학생이 있었다. 깔끔해 보이는 청년이었다. 사실 먼발치에서 봐서는 고등학생인지 대학생인지 구별되지 않았다. 그는 전체 상황을 녹화했고 종이에 적힌 메모 내용은 사진을 찍어 두었다.

천안문

하루

1장 죽음

이제 잊을 때도 되었잖아 이미 7년이 넘었잖아 근데 하루밖에 안 지난 것 같아 뚝배기에 마취 주사 맞았나 왜 시간이 안 갈까 시간이 가야만 하는데 정지된 거 같아 하루하루 계속 똑같은 것 같아 그러다 연도만 바뀌지 그리움은 여전히 넘치는데 아직도 연결된 추억을 건드리면 송곳으로 뇌를 찌르는데 아니 너무 아픈데 세상은 하루뿐인데 왜 나는 내일을 기다리지 내일은 없는데 도피할 방법이 없는데 용기를 낼 뿐이야 그냥 아무런 이유 없이 아니 아무런 의미 없이 그냥 그렇게 넘기고만 있는 거야 그렇게라도 해야만 하루를 넘겨 이미 미쳤는데 사람들은 내가 미친 걸 모르지 다 같이 병신인데 아니 내가 가장 병신 같아 또 어둠이 오네 그럼 또 아침이 오겠지 또 하루가 나에게는 다가오겠지 슬프다 그냥 눈 한번 꼭 감고 죽으면 되는데 근데 난 책임이 있잖아 다른 사람에게 슬픔을 주지 말이야 하는 거 말이야 그것도 그냥 핑계인 것 같아 난 원래 아무것도 아니야 왜 가사가 안 끝나지 난 하루만 느끼는 인간인데 하루가 길면서 너무 짧아 내 앞에서 눈물 한 방울만 움찔하며 세상이 번져 보이네 그래도 이렇게 편지를 쓰고 있네 또 나를 위로하네 인간은 자기 합리화를 무수한 창의적인 방법으로 극복하는 AI일 뿐인데 이젠 쓴웃음이 나오네 숨을 깊이 들이쉬네 모든 슬픔을 피해가는 게 민망하기까지 하네 너 너무 불쌍해 이제 괜찮아 우린 AI일 뿐이야 더 이상 넘어가려 하지 마!!!! 아니 이미 넌 AI가 아닌 걸 충분히 보여줬어 다 부질없을 뿐이야 그냥 아무 일 없던 것처럼 아니 조금은 슬퍼 보이게만 살면 돼 조금은 신나 보여도 괜찮아. "미친년"

청년은 메모 내용이 무슨 글자인지도 몰랐다. 그의 관심을 끈 첫 번째 이유는 '3*S'라는 모자 때문이었다. 태어나서 처음 보는 상표였다. 상황은 금방 정리되었다. 사람들만 잠깐 모였을 뿐이었다. 집에 돌아간 그는 바이두에 '3*S'라고 검색했다. 검색창에는 단지 핫도그 가게 패스트푸드 체인점뿐이었다. 호기심으로 홈페이지에 들어갔다. 화면 오른쪽 상단에, 아주 작게 '3*S'라는 글자가 있었다. 클릭하자 회원가입을 하면 100원짜리 상품권을 준다는 내용이 떴다. 전화번호와 이름을 입력하자 다음 단계가 나타났다. 신분증 스캔 첨부, 자기소개서, 지인 연락처 입력 순서였다. 대학 입학 후 너무 방황해서인지 별생각 없이 안내하는 대로 입력했다.

'사실 이 새끼들 뭐 하는 놈들인지 존나 궁금했다.'

이름 : 장학량

학교 : 북경대

전공 : 신방과

취미 : 등허리를 침대에 붙이고 시간 보내기

종교 : 무교— 마음대로

친구 : 리구(mobile 777 7777 7777), 보이(mobile 234 567 7890), 박이
　　　　(mobile 123 4567 8901)

부모님 : 두 분 다 잘 계심

평소 생각 : 그냥 막 산다

이메일 : emailkr@163.com

천안문

첨부 내용 : "핫도그나 파세요…. ㅋㅋㅋㅋㅋ"

그 일 이후 일주일 가량 학량은 모두 다 잊고 지냈다. 그즈음 메일이 도착했다. 제목이 너무나 특이했다.

'악마는 어디 있나?'

각종 동영상과 장문의 보고서 같은 것이 첨부되어 있었다. 속으로 생각했다. '할 일 더럽게 없나 보네, 핫도그나 팔지…' 바이러스라도 있을까 싶어 파일을 열어보지도 않았다. 그리고 일주일 후에 박이에게 연락이 왔고 학교 앞 핫도그 가게 앞에서 만났다.

"학량아 뭐 하고 지내냐?"

"엉아는, 걍 대충 살지."

"그런 거 말고, 인마."

"나 그냥 잠만 자는데. 너도 알잖아. 나 잠보인 거."

"너 요즘에 뭐 이상한 커뮤니티에 가입했냐?"

"아니, 왜 이 미친년아, 리구한테도 무슨 연락 못 받았냐?"

"아니, 아직 못 받았는데."

"근데 좀 이상하다. 나한테도 연락이 왔어. 어떤 핫도그 가게에서 학량이 아냐고?"

"안다고 했지! 근데 너 취미 물어 보길래?"

"그 새끼 맨날 집에서 잔다고 했지."

"끝이야, 뭐야 특별한 거 안 물어봐?"

"너 똘아이냐고?"

"이 미친년아, 지금 뭐라고 하는 거야? 그래서 뭐라고 그랬는데?"

"학량은 '의협심이 강한 개 똘아이'라고 했지."

순간 그 메일이 생각났다. 그리고 곧바로 집을 향해 달려갔다.

"학량아!!!! 어디가? 밥 먹기로 했잖아."

"미안하다. 내가 나중에 사줄게, 다시 보자."

천안문

약혼식

'호헌철폐'(護憲撤廢)

'독재타도'(獨裁打倒)

여의도 광장에 사람들이 물밀듯이 몰려들었다. 천지개벽될 것만 같은 분위기였다. 녹화된 방송을 보던 중앙판공청 직원들은 혀를 차고 있었다. 그때 방문이 열렸고, 모두들 일어섰다. 등소평이 들어왔다.

"한국 동향이 어떻게 되어 가나?"

"네, 아직 분석 중입니다."

판공청 주임 포청천은 바로 대답했다.

"현재 상황 비디오 다시 틀어 봐."

등소평은 나지막한 목소리로 말했다. 여의도 광장 상황을 보더니, 비서에게 담배 심부름을 시켰다. 그는 눈을 지그시 감았다. 한숨 소리가 들렸다. 담배를 문 채 일어나 창가로 다가갔다. 그리고 집무실 밖을 내다보았다.

눈을 몇 번 깜빡이더니 담배를 한 모금 깊게 빨았다. 그리고 숨을 깊게 내쉬었다. 사무실 안은 적막 그 자체였다. 그는 입 주위를 손으로 만지더니 아무 말 없이 밖으로 나갔다.

그곳에 있던 사람들은 등소평을 보며 이해할 수 없다는 반응이었다.

'남의 나라 일인데 왜 이렇게 심각하게 받아들이는지.'

'이제 너무 늙어서 그래.'

북경의 여름은 말할 수 없이 더웠다. 햇살도 뜨거웠고 가시나무가 살 갖을 쿡쿡 찌르는 것만 같았다. 그러나 지유에게는 북경의 더위가 아무렇지도 않았다. 단지 하루하루가 꿈만 같았다. 오늘은 미령을 만난 지 100일째 되는 날. 미령도 들뜬 건 마찬가지였다.

게다가 오늘은 사랑하는 동생 애령이 중경에서 올라와서 다 같이 만나기로 한 날이기도 했다. 그녀의 동생을 만난다는 기대감으로 말로 표현할 수가 없이 들떠있었다.

기숙사에서 눈을 뜨자마자 볼을 살짝 만져 보았다. 애령과 미령은 유독 친밀한 자매였다. 언니가 북경으로 진학한 후 애령은 체중이 5kg이나 빠질 정도였다. 거의 모든 것을 언니에게 의지하는 동생이었다.

미령은 이미 동생에게 지유의 존재에 대해서 이야기해 두었다. 애령은 직감적으로 '지유 오빠'가 언니와 결혼할 사람이라는 것을 알았다. '지유 오빠'를 보면 뭐라고 불러야 할지 고민하고 있었다. 언니를 놀리려면 아마도 '형부'라고 불러야 하고, 처음 만남에 별 느낌이 없으면 '지유 오빠'라고 부를 생각이었다.

미령은 같은 영어영문학과 친구 경령에게 검은색 카디건을 하루 빌

천안문

려 달라고 부탁했다. 같은 옷이 있었던 강청은 빌려주지 않았지만 착한 경령은 달랐다. 미령의 눈에는 그 옷이 무척이나 세련돼 보였는데, 특히 검은색이 품격 있게 느껴졌다. 검은색은 황제를 나타내기 때문이다. 거기에다 테두리는 금색으로 마감되어 있었다.

'나는 황후가 되는 건가?'

미령은 혼자 웃었다.

시대는 격변하는 정도가 아니었다. 마치 머리를 통째로 하루하루 갈아서 바꿔 끼워야 겨우 시대의 변화에 발맞춰 갈 수 있는 상황이었다. 1982년 미국과의 수교 이후 마치 바퀴벌레가 사람이 되었다고 해도 사람들이 믿을 정도였다. 북경에 마천루는 더욱더 늘어갔다. 흑묘백묘론*)이 정말 기가 막히게 맞아 들어가는 상황이었다.

북경 역에 도착한 애령은 시내버스를 타고 북경대 정문으로 향했다. 약속 시간은 오후 3시. 이미 미령과 지유는 오후 1시부터 도서관에서 만나 함께 있었다.

지유가 말했다.

"날씨가 좋은데, 북경대 명물인 수탑(水塔)에 가자."

미령은 윙크로 답했다.

수탑에 도착한 그들은 아무 말이 필요 없었다. 그냥 좋았다. 지유가 수탑 벽에 쓰인 글을 가리키며, 그쪽으로 가보자고 미령을 재촉했다.

----

*) 黑猫白描論: 등소평은 검은 고양이든 흰 고양이든 쥐만 잘 잡으면 된다고 주장했다. 즉 자본주의든 공산주의든 상관없이 인민들이 잘 사는 게 사회주의의 핵심이라고 주장.

1장 죽음

도착하자 미령은 벽에 쓰인 글을 읽기 시작했다.

읽고 나자 지유는 미리 준비한 꽃잎으로 만든 반지를 건넸다.

"약혼 반지야."

그는 미령의 손에 반지를 끼워 주었다.

미령은 어리둥절했지만 이미 알고 있었다.

'지유가 자신의 운명이란 것을…'

"우리 잔디에 가서 한번 누워 보자."

"왜 그래야 하는데…."

"내가 너에게 지금 줄 수 있는 건 코발트 빛 하늘밖에 없어."

그날 하늘은 마치 천사가 사다리를 타고 오르락내리락하는 것 같았
다. 그들은 나란히 누워 서로를 바라보았다. 행복했지만 설명하기 어려
운 두려움이 느껴졌다. 서로 이상한 기류를 느꼈지만, 들뜬 마음에 무
시했다. 꼭 세상이 그들의 하인하녀 같았다. 그렇게 시간을 보내다 시

천안문

계를 보았다. 거의 2시 반이었다. 지유는 말했다.

"동생 만나기로 한 시간이 3시 아니었어?"

"맞아, 맞아."

"우리 지금 일어나야 하겠는 걸."

둘은 일어났다. 지유는 미령을 꼭 껴안았다.

"내가 치매에 걸리지 않는 한, 너 옆에 있을게!"

미령은 마냥 행복했다. 둘은 손을 잡고 약속 장소로 향했다. 애령은 예상보다 5분 늦게 도착했다. 미령이 서로를 소개했다.

애령은 자연스럽게 '형부'라고 불렀다. 미령은 당황했지만 '오늘 우리 약혼 했으니까, 그렇게 불러도 되지.'라고 생각하며 속으로 웃었다. 지유는 애령에게 북경대학 현판을 소개해 주었다.

"모택동이 북경대 도서관 사서로 일했었고, 정문 현판도 직접 썼어."

애령이 말했다.

"그런데 나는 저 글씨에 그냥 차가움과 살기가 느껴지네."

미령은 애령의 말에 웃음이 나왔다. 미령의 집안은 문화대혁명 때 홍위병에게 아주 큰 고초를 겪었기 때문이다. 그리고 곧바로 그들은 학교 안으로 들어갔다.

"근데 형부는 왜 손에 붕대를 하고 있어?"

미령이 대답했다.

"형부는 왼쪽 손등에 커다란 검은 점이 있거든. 이런 날씨에 햇볕에 쬐면 따갑다고 하네."

"정말? 나 너무 보고 싶어. 형부, 실례지만 보여주면 안 돼요?"

27

"그래, 알았어. 그런데 자매가 성격이 정말 다르네."

지유가 함박웃음을 지으며 붕대를 풀었다.

"형부 미안하지만, 저는 호기심 천국이거든요!"

셋은 마치 원래 알고 지내던 사람처럼 느껴졌다.

지유는 애령에게 북경대학에 대한 소개를 이어갔다.

"중경 대학 다닌다고 들었는데, 학교생활은 어때?"

"재미없어요."

애령이 이어서 말했다.

"저는 남자 친구가 없거든요."

애령의 유머에 모두가 또 한 번 웃었다.

애령의 눈에도 형부는 너무 괜찮은 사람처럼 느껴졌다.

셋은 북경대학을 둘러본 다음, 자금성 근처 호동(胡同)에 있는 식당으로 향했다.

지유는 미령의 동생이 온다는 얘기를 듣고 친구 다섯 명에게 1원씩 빌려 두었다. 과외 수업비 받는 날이 다음 날이라 별로 부담은 없었다.

평일 오후 시내버스 안은 매우 더웠고, 승객은 별로 없었다. 애령은 북경의 풍경이 중경에 비해 아름답지 않다고 느꼈다. 도시 전체가 공사판이라서 온통 먼지투성이였고, 하늘도 잿빛이었다. 그래도 언니는 북경은 여름이 겨울보다 좋다고 했다. 북경의 겨울은 화력발전소로 전기를 공급하기 때문에 겨울의 공기 질은 최악이라고 했다.

식당 이름은 '전취덕'(全聚德)을 모방한 '거적거'(去的去)라는 북경 오리 전문점이었다. 허름했지만 맛은 정말 좋았다. 그들은 작고 동그란 테이블

천안문

에 앉아 식사를 시작했다. 옆에서 북경오리를 잘라주는 사람이 있었다. 음식이 테이블에 올라오자, 서로에게 "먹자, 먹자."라고 권하며 젓가락을 들었다.

미령은 마음속으로 기도했다.

'앞으로 우리 세 명에게 행복만이 가득하기를….'

지유는 술을 좋아했다. 다 같이 백주를 조금씩 마셨는데, 술이 들어갈수록 애기는 더욱 깊어져 갔다. 특히 애령이 전해주는 중경이라는 도시는 매력 그 자체였다. 저녁 시간이 무르익으며 세 명 모두 얼굴이 발그스레해졌다. 서로 본인 얼굴은 빨간 줄 모르고 상대방을 보며 웃고 있었다. 아무런 고민도 없었고, 개혁 개방 이후에 장밋빛 미래만이 본인들 앞에 놓여 있다고 생각했다. 태어난 것에 감사할 정도로 너무 행복했다. 특히 미령은 지유를 너무 사랑했다. 지유의 하얀 피부, 바보 같아 보이는 동그란 안경과 학자처럼 보이는 자연스러운 중간 가르마는 남성스러운 멋을 뛰어넘어 아름답게 느껴질 정도였다. 재미있는 사실은 정수리에도 손에 있는 크기의 점이 있었다.

미령은 자기도 모르게 "너 형부 정수리에도 큰 점이 있어."라고 애기했다. 호기심 천국인 애령은 다시 한번 확인에 들어갔다. 밥 먹다가 벌떡 일어나서 머리카락 사이를 자세히 보더니,

애령이 말하길 "형부는 점 부자네요."

정말 있었다. 다시 한 번 셋은 왁자지껄 호탕하게 웃었다. "몸에 큰 점이 있으면 복이 많은 게 아닐까?"

미령은 흐뭇하게 웃으며 백주(白酒)를 마셨다.

그렇게 북경의 밤은 깊어 갔다.

한국에서는 전두환 대통령의 담화가 있었다. 대통령 직선제를 수용하겠다는 내용이었다.

천안문

5.

1988년 9월 17일

서울 올림픽 개막식

학생회관에 학생들이 빼곡히 서서 텔레비전을 응시하고 있었다. 평화의 비둘기가 창공을 향해 날아올랐다. 굴렁쇠를 굴리는 꼬마 아이가 스타디움을 가로지르며 뛰어갔다.

역대 최다 참가국이 모인 올림픽이었다. 모두들 들떠 있었다. 중국이 종합순위 1위를 할 것이라는 기대로 흥분을 감추지 못했다. 사람들 대부분은 자전거로 출퇴근을 했지만, 언젠가는 한국처럼 길거리에 자동차가 가득 차리라 생각했다.

미령과 지유는 대학교 3학년생이 되었다. 영어영문학과에 재학 중이던 미령과 지유는 취업 걱정이 없었다. 북경대 영어영문학과 학과 사무실에는 입사초청 지원서가 쌓여 있었다. 대부분 가고 싶은 회사를 골라갈 정도였다.

지유는 오후에 미령과 데이트를 하기로 약속했다. 원래 계획한 목적지는 만리장성이었지만, 몽고에서 불어오는 황사가 너무 심해져 결국 '13릉'(陵)을 가기로 했다. 정문에서 872번 버스를 타면, 한 시간 반 정도 걸렸다. 버스 정류소에서 오후 1시에 만나기로 했다. 역시 미령은 1시 정각에 도착했다. 미령은 이제껏 절대 약속 시간보다 늦는 법이 없었다. 오죽했으면 약속장소 근처에 먼저 와 있다 정시에 나타난다는 생각이 들 정도였다. 버스는 정확히 1시 1분에 도착했다. 만나자마자 버스가 도착했고 우리는 '13릉'으로 향했다.

소풍 계획이 드라마틱하게 각본대로 맞춰져가는 느낌이었다. '13릉'이라는 명나라 황제 무덤관광 가는데, 모든 상황이 자연스럽게 미령과 지유를 인도하고 있었다. 황사를 뚫고 버스는 북쪽으로 달렸다. 마치 명나라가 원나라를 쫓아내는 느낌이었다.

'몽고제국이 말은 잘 탔지만, 그래도 한족의 끈기는 못 따라가지.'

그런 생각이 앞섰다.

'그렇다고 청나라를 세운 만주족도 무시할 수 없지…'

'모든 게 중국에서 벌어진 일이야. 그래서 중국 역사라고.'

버스에 자리가 하나 남아 있었다. 지유는 달려가 좌석을 확보했다. 그리고 미령을 불렀다.

"미령아 빨리 와, 내가 맡아 뒀어."

"이건, 미령이 지정석이야."

미령을 재빨리 자리에 앉혔다.

"미령아, 오늘 너무 기분이 좋다. 왜냐고? 한족이 세운 왕조의 무덤에 가니까. 난 정말 나라가 위험하다고 생각되면, 내 몸을 던질거야."

들고 있던 미령은 지유의 그런 모습에 걱정이 앞섰다. 북경도 황량했지만 외곽도로를 타고 보는 교외의 모습은 꽤나 처량하게 느껴졌다. 버

천안문

스에 타고 있는 사람들 누구도 서로 대화를 나누지 않았다. 그들의 눈빛은 무거운 삶의 무게에 짓눌려 어떤 생각도 하기 귀찮다는 느낌을 줄 뿐이었다.

거기에다가 불안함도 느껴지는 눈빛이었다. 사람들의 그런 눈빛을 보며, 미령은 많은 생각에 휩싸였다.

'과연 지금 우리나라가 가는 방향이 맞나?'

버스는 곧이어 마지막 종착역인 명나라 13릉에 도착했다. 역시 내 느낌이 맞았다. '13릉' 앞에는 1954년에 모택동이 다녀갔다는 기념사진이 붙어 있었다. 사진을 보고 나서, 지하 9층 깊이의 명나라 황제 무덤으로 내려갔다. 지유는 지하 1층, 2층, 3층…, 더 깊은 곳으로 갈수록 편안함을 느꼈고 미령은 불안감이 더 크게 올라왔다. 미령은 지하 무덤에 전시된 항아리의 용 그림과 화강암으로 만들어진 용상에 정교하게 조각된 용머리를 보며 섬뜩함을 느꼈다. 금방이라도 튀어나올 것 같은 기세였다. 사실 미령은 '용은 뱀의 후손'이라고 생각했기 때문이다. 미령이 가장 싫어하는 동물은 뱀이었다. 고향이 중경인 미령에게 뱀은 지긋지긋한 동물이었다. 특히 여름, 공원에 가면 한번쯤 보게 되는 것이 뱀이기 때문이다. 지하 9층 무덤은 습기가 있어서 그런지 지상의 건조한 날씨와 다르게 한기가 느껴졌다. 그래도 지유는 오랜만에 교정을 나와, 조금 먼 교외에서 미령과 같이 시간을 보내니 기뻤다. 꼭 일상에서 탈출한 느낌이었다. 지유는 미령에게 물었다.

"도대체 이 무덤들은 왜 이렇게 깊은 곳에 만들었을까? 사실 모든 걸 숨기고 싶었을 거야? 맞지? 왜 이렇게 깊게 팠겠어. 도굴당하지 않으려고 그런 거 아니겠어? 그래도 사람들은 다 찾을 수 있는 게 너무 신기해. 결국 이곳에 금, 은, 보석으로 만든 장신구들은 누군가 도굴해 갔겠지. 그리고 사람들은 윤회를 믿었을까? 그러니까 이렇게 가족들이 한곳에 묻혀 있지. 아무튼 이렇게 발견되는 건 어쩔 수 없어. 모든 모임은 누군가 배신하지. 앞으로 우리에게도 그런 일이 없었으면 좋을 텐데.”

지유의 계속되는 혼자 말에 미령은 관심을 가질 수 없었다. 미령은 지하 무덤에서 서늘한 한기가 살기처럼 느껴져서 빨리 나가고 싶은 생각뿐이었다. 지하에 매장된 묘를 모두 참관한 지유와 미령은 지상으로 올라왔다. 드디어 지상에 올라온 미령은 신선한 공기를 마시고 나니 정신이 맑아지는 거 같았다. 미령은 지유에게 다시 한번 물었다.

“지하에서 도굴 얘기한 게 뭐야? 사실 난 지하에서 집중이 안 돼서 정확히 못 들었어.”

지유는 별로 중요한 얘기 아니라고 대답하며 마무리했다. 오후 다섯 시가 조금 지나 그들은 872번 시내버스를 타고 종착역인 북경대로 향했다. 돌아가는 길에 지유는 풍경도 구경하지 않은 채 십 분 만에 잠이 들었다. 잠든 지유의 모습을 보며 미령은 담담한 미소를 지었다. 그러면서 생각했다. ‘지유도 일상이 정말 피곤했구나.’

6.

1988년 11월

'신북평(新北平) 2026'

가을이 깊어져 갔다. 시간은 흐르는 물처럼 빨리 지나갔다. 친구 사이도 조금씩 정이 들더니, 3학년이 되고 죽고 못 살 '8인방'이 만들어졌다. 8인방은 1988년 11월 26일 토요일 저녁식사를 함께하기로 했다. 그날 우리는 모임 이름을 '신북평(新北平) 2026'이라고 만들었다.

서양에서는 7이 행운의 숫자지만, 중국 사람들은 숫자 6과 9를 좋아했다. 그리고 수도 북경의 옛 이름이 '북평'(北平)이었다. 대부분 지금 북경의 발전 속도로 중국이 40년 가까이 유지되면 엄청난 성공을 거둘 것이라고 생각했다. 2026년쯤에는 중국이 국력으로 전 세계 1위를 이뤄낼 수 있다고 생각했다. 게다가 북경은 중국의 수도이다. 우리도 모르게 북경에 지내고 있다는 자부심이 가득했다.

군이 북경대 영어영문학과 8인방을 나열하자면, 친구들 이름은 이러했다. 지유(至柔), 송미령(宋美齡), 강청(江青), 조자양(赵紫阳), 강생(康生), 요문원(姚文元), 호요방(胡耀邦), 왕홍문(王洪文)이다. 소위 '8인방'이었다.

우리는 볶음 요리를 먹으며, 북경 이과두(二锅头)^{*)} 술을 조금씩 마시던 중 강청이 모택동과 등소평에 대해서 찬양하는 논거를 드러냈다. 그러나 조자양과 호요방은 다른 생각을 하고 있었다. 그들은 흑묘백묘론을 정면으로 반박했다. 정의가 세워지지 않는 사회는 남미 베네수엘라나 브라질처럼 잠깐 반짝하다가 고꾸라질 것이라고 했다. 그는 역사의 가장 큰 문제는 '유물론^{**)}'이라고 주장했다. 강생과 강청은 들으면서 웃음이 나왔다. 그들은 조자양과 호요방을 보면서 '아직 배가 덜 고파봐서 그렇다.'고 생각했다. 그들에게는 과정보다는 결과가 중요했다. 그러한 생각을 가진 강생이 일어나서 얘기했다.

"우리나라 인구가 10억인데 과연 정신적으로 계몽하는 게 가능할까? 우리들끼리도 이렇게 생각이 나눠지는데, 어떻게 10억 인구가 단합할 구심점을 만들 수 있을까? 그냥 강한 놈이 약한 놈이 가진 것들을 가져가면 되는 거 아니야! 내 말 틀려?"

들고 있던 지유가 일어나서 강생에게 반박했다.

"넌 임마, 대학은 뭐 하러 왔냐? 그냥 군부대 들어가서 무기나 연구하지 그래? 난 니가 정치학에도 관심이 있어서 공부 한다는 게 우려스럽다. 너 같은 놈이 높은 자리에 올라가면 약자들을 얼마나 괴롭히겠냐?"

지유를 좋아하던 강청은 자기 생각과 정반대의 얘기를 하는 지유의

---

*) 일반적으로 도수 50-55도인 청향형 백주를 가르킴.
**) 유물론(唯物论) : 만물의 근원은 물질이다. 정신과 마음은 물질 작용의 산물이다. 관념론과 대비됨

천안문

모습을 보는 것이 힘들었다. 그래도 지유를 갖고 싶었다. 그렇게 친했던 우리들도 갑자기 '유물론' 앞에서는 극과 극의 태도였다. 그래도 강생은 더 나아가지 않았다. 속으로 참고 있었다. 미령을 좋아하고 있었기 때문이다. 굳이 미령에게 나쁜 이미지로 보일 필요가 없다고 생각했다. 그의 마음속에는 병법 전술만이 가득했다. 언젠가 미령을 갖고 싶다는 생각만 계속했다. 그렇게 티격태격했지만 술이 들어가자, 모두들 "마시고 죽자."라며, 서로 풀자고 했다. 그렇게 논쟁을 벌이는 사이, 북경의 밤은 깊어만 갔다. 저녁을 먹으며 지유와 미령은 걱정이 앞섰다. 육감적으로 느꼈다. 술을 마시고 강청이 지유를 쳐다봤다. '그 모습을 보던 미령은 결혼을 앞당겨야 할 것 같다.'라는 생각이 들었다. 지유도 걱정이 앞섰다. 강생의 살기 있는 눈빛을 보면서, '저놈은 언젠간 내 뒤통수를 때릴 수 있는 놈이야.'라는 느낌을 받았다. 그래도 3학년 1학기 다 같이 저녁 식사를 함께하며, 우리들만의 시간은 재미있게 흘러갔다.

　모임이 정리되고 삼삼오오 마무리가 되었다. 지유는 미령에게 '둘이 시간을 좀 보내자.'라고 얘기했다. 미령은 썩 내키지 않았지만, 지유의 말에 동의했다. 지유는 미령과 자신의 자취방으로 가서, 그때까지 썼던 러브레터를 미령에게 보여줬다. 천천히 읽던 미령은 눈물이 주르륵 흘렀다. 자신이 지유를 생각하는 마음보다 지유가 자신을 열 배 정도 깊이 생각하는 것 같았다. 지유는 촛불을 껐다. 그리고 그들의 아름다운 모습을 비추던 그림자는 사라졌고, 깊은 사랑만 방안에 남았다. 둘은 서로에 대한 사랑을 확인하며 선을 넘지는 않았다.

7

1989년 4월 4일

이화원

북경은 봄 향기가 가득했다. 특히 캠퍼스에는 낭만이 넘쳤다. 친구들은 삼삼오오 모여 웃으며 학생 식당으로 가기도 하고, 잔디에서 축구를 하기도 하고, 누워서 루쉰 작품을 읽으며 봄이라는 계절을 느꼈다. 그런데 몇몇 소수만 그런 행동을 하고 있었다. 이상하게 그해 봄은 더욱 빨리 왔다.

전년과 다르게 봄꽃이 일찍 피었다. 자연은 봄 향기를 날리며 봄이 왔다는 것을 알려줬지만 뭔지 모를 불안한 감정도 느끼게 해 주고 싶어 하는 것 같았다.

이미 3년 전에 북경대 '방려지'라는 교수님은 "지금 우리가 당면한 문제의 해결책은 우리 체제를 버려야 한다."라고 주장했다. 그 일로 인하여 캠퍼스에는 감시가 시작되었고, 보이지 않는 긴장감이 팽배했다.

이와 반대로 이화원은 완전히 다른 분위기였다. 봄을 만끽하기 위한 사람들로 활기가 넘쳤다. 미령과 지유는 서태후의 여름 별장인 이화원에 봄꽃 구경을 갔다. 벚꽃이 벌써 절정이라는 소식을 친구에게 들었다. 이화원에 도착하니 사람들로 북적였다. 마치 우리가 결혼하고 피로 연을 하는 것만 같았다. '우리 결혼식에 사람들이 이렇게 많이 오면 얼마나 좋을까?'라는 생각이 들었다. 그러면서 지유는 '미령이 부모님에게 결혼을 허락받을 수 있을까?'라는 생각도 갑자기 들었다.

그래도 이화원은 그런 걱정을 다 날릴 정도로 아름다웠다.

"미령아, 여기 인공 호수인 거 알아?"

듣고 있던 미령은 놀라며 대답했다.

"그럼, 저쪽 산은 뭐야?"

"땅 파서 호수 만들고, 그 흙으로 옆에 있는 산을 만든 거야. 생고생의 산물이지."

미령은 들으면서 웃었다.

"그럼, 만리장성은?"

"그건 그야말로 집약적인 노동력을 쏟아 부은 생고생 문화의 결정판! 그래도 그것은 북방 외적의 침입을 막으려고 만든 거라는 이유라도 있지."

지유와 미령은 창랑[*]을 지나며 이화원이 얼마나 아름다운지 새삼 느꼈다. 호수에서 바람이 불어왔다. 그 신선함을 느끼며 완수산 방향을 바라보았다.

"인민들이 여기 땅 파서 산도 만들고, 땅 판 곳은 호수도 만들어주니,

----

[*] 창랑(长廊) : changlang, 동쪽의 요월문부터 서쪽의 석장정까지 이르는 구간으로서, 길이가 728m, 273칸으로 중국에서 가장 크고 긴 복도, 1만 4천여 점의 그림이 그려져 있어서 중국 최대의 야외 미술관이라고 일컬어짐

예전의 황제들은 얼마나 좋았을까? 산도 마음대로 만드니, 웃음이 나오네."

"그나저나 부의는 여기 와서 어떤 느낌이었을까? 부의도 여기에 '1964년'에 왔었다고 하네."

"마지막 황제 얘기하는 거야?"

"근데 청나라는 봉건 사회잖아?"

"맞아."

지유가 대답했다.

'그렇다고 우리는 공화국에 살고 있는 건가!'라며 지유는 혼자 얘기했다.

지유는 슬픔이 몰려왔다. 지유의 아버지는 소위 지식분자였다. 그의 아버지 주덕만은 물리학자였는데 '문화대혁명' 때 강제로 지방으로 전출 당했다. 그 과정에서 지유가족들은 잊을 수 없는 상처를 받았다. 특히 아버지가 '자신이 매우 아끼던 학생들에게 참혹한 고초를 겪었다는 것을.'

지유는 그것을 들으며 성장했다. '언젠간 나도 저런 상황이 있을 수 있겠다.'고 생각했다. 그래서 '그는 언제나 국가가 올바른 길을 가야 한다.'는 믿음이 있었다.

지유와 미령은 창랑에서 계속 손을 잡고 걸었다. 그들은 서로 알고 있었다. '국가가 선택하는 노선이 얼마나 중요한지.' 그들은 창랑을 걸으면서 조금 색다른 감정을 느꼈다.

'그들 인생이 새로운 궤도에 올라와 있는 것 같은…'

창랑의 그림은 만 사천 폭이나 되었다. 그런데 이상하게도 많게 느껴지지 않았다.

'아직 우리는 스물두 살밖에 안 되서 그런가?'

특히 700m 정도 되는 '창랑'을 걸을 때 100m 정도 걸었다고 느꼈다. 마치 영화 상영 중에 정전이 되어서 중간에 끊긴 느낌이었다.

'왜 그렇게 느꼈을까?'

미령은 자기도 모르게 자문해 보았다.

'그냥 창랑의 그림이 이전에 어디서 본 것 같기는 한데, 여기는 모택동 방문 사진이 걸려있지 않잖아.'

그래도 뭔가 찜찜했다. 지유가 미령에게 물었다.

"그림을 다 보고 난 후에 어떻게 할까? 학교로 돌아갈까, 아니면 우리 여기 근처 찻집에 가서 차를 마실까?"

"나 너 자취방 근처 '순간'(瞬间)이라는 허름한 식당에 가서 백주 마시고 싶어. 그리고 우리 예전에 먹었던 요리 있잖아. '궁보계정(宫保鸡丁)', '마파두부(麻婆豆腐)', '어향육사(鱼香肉丝)' 먹고 싶어."

지유는 속으로 생각했다.

'미령은 내 주머니 사정을 알고 있구나. 역시 미령은 날 너무 잘 배려해 줘.'

지유는 속으로 정말 고맙다고 생각했다. 그런 감사함도 잠시, 돌아오는 길에 북경 시내에는 정복 입은 공안들이 오전보다 많이 늘어난 것을 느꼈다. 그들은 다급히 누군가 찾고 있는 거 같았다. 그리고 버스는 과거 북경대에서 학생들을 가르쳤던 방교수님이 운영하는 '순간'이라는 식당에 도착했다. 미령은 '선생님은 왜 가게 이름을 이렇게 지었을까?' 라고 생각했다.

"보통 가게 이름에 '영원'이라는 글자가 들어가면 '순간'이라는 이름보다는 좋지 않을까?"

이 얘기를 들은 지유는 잠시 웃더니, 미소 지으며 대답했다.

"아마도 선생님은 순간을 영원이라고 생각하신 것이 아닐까?"

그러면서 또 웃었다.

요리 하나하나가 매우 정성스럽게 느껴졌다. 음식을 먹는 게 아니라 감사함을 먹고 있는 것처럼 느껴졌다. 둘은 같이 있을 때 가끔 시간이 멈춘 것처럼 느꼈다.

미령이 지유보다 술을 더 잘 마셨다. 지유는 술에 입만 데도 양쪽 볼이 발갛게 달아올랐다. 게다가 술을 마시면 특이한 버릇이 있었다. 음식을 먹지 않고 술만 마셨다. 지유는 미령을 만날 때면 언제나 큰 만두를 먹고 만났다. 음식이 부족할까 봐 언제나 걱정되었기 때문이다. 둘의 대화는 갈수록 깊어졌다. 그러면서 2세 얘기를 했다. 미령이 먼저 입을 열었다.

"우리 결혼하면 아기 몇 명 나을까?"

"난 아기 갖고 싶지 않아. 아기한테 줄 사랑을 미령 너에게 다 주고 싶어."

"근데 우리 늙으면 누가 우리를 보살펴 주지?"

"그렇긴 하네. 그럼 우리 한 명 나을까?"

"난 정말 너하고 똑같이 닮은 아들 갖고 싶어. 너무 재미있을 것 같아."

천안문

"그래? 사실 나는 너하고 똑같이 생긴 딸 갖고 싶었는데."

"그럼, 우리 아들, 딸 하나씩 나을까?" 미령이 얘기했다.

지유는 웃으며 대답했다.

"내가 돈 많이 벌어야겠는걸. 그래야 벌금도 감당하지."

인구 축소 정책 때문에 각 가정 당 아이는 한 명만 나아야 했다. 또한 두 자녀를 나을 경우 벌금도 상당했다. 둘은 이상하게 그날 얘기가 너무 잘 맞았다. 미령은 지유와 잠자리를 갖고 싶었다. 사랑하기도 했지만, 지유가 천사처럼 보였기 때문이었다. 저녁을 다 먹고 미령은 지유에게 얘기했다.

"나 너 자취방에서 차 마시고 싶어."

지유는 무슨 뜻인지 몰랐다. 그래도 허름한 내 자취방에 온다고 하니, 미령에게 정말 고마웠다. 다행히 그날 아침에 지유는 방을 깨끗이 청소했다. 둘은 지유의 자취방으로 갔다. 지유는 고향에서 가져온 홍차를 준비했다. 홍차를 마시며 지유는 미령의 얼굴을 쓰다듬었다. 미령은 가만히 눈을 감았다. 지유는 미령의 이마에 입맞춤했다. 미령은 가만히 있었다. 그러면서 둘은 서서히 더욱 가까워져갔다. 지유는 조금씩 열이 났다. 촛불은 꺼졌고, 둘은 사랑을 계속 나눴다. 어느덧 절정에 올랐고, 서로에게 더 가까워졌다. 사랑만이 남았다.

8.

1989년 5월 5일

결혼식

친구 '8인방'은 1989년 5월 5일 저녁 6시, 북경대 수탑(水塔) 앞마당에 모두 모였다. 학교 분위기는 심상치 않았다. 항일 운동 기념일인 '5월 4일*' 학생 운동 다음 날이기도 했다. 그 당시 북경에는 표어가 쓰인 대자보가 붙어 있을 지경이었다.

"죽지 말아야 할 사람은 죽고, 죽어야 할 사람은 죽지 않는다."

"국민이여 깨어나라."

"우리의 투쟁을 잊지 말자."

1989년 4월 15일, 전 공산당 총서기 '호요방'(胡耀邦)의 갑작스러운 서거가 원인이었다. 사망 원인은 심장 마비였다. 북경에 있는 대학생들은 호요방에 대한 공정하고 객관적인 역사적 평가를 요구하며 애도를 멈추지 않았다. 지유에게 가장 친한 친구 이름도 호요방이었다. 우리 8인

----

*) 5월 4일 운동은 1919년 5월 4일 중국 베이징의 학생들이 일본의 식민지적 요구와 파리 강화 회의 결과에 반발해 일으킨 대규모 반제국주의와 반봉건주의 시위로 중국 현대사의 전환점이 된 사건

방은 근현대사에 유명한 인물들과 이름이 같아서 많이 신기했다. 가끔씩 만나면 이름 때문에 서로 놀리기도 했다.

점차 시위는 격화되었다. 학생들은 개혁개방을 원했다. 학생들의 기본적인 요구사항은 7가지[*]였다.

'첫 번째 호요방이 인정한 자유와 민주주의에 대한 의미를 인정하라. 두 번째 부패 척결과 인민의 자유화 요구를 수용하고 억압받는 인민들에게 자유를 용인하라. 세 번째 국가 지도층의 재산 내역과 가족 소득을 공개하라. 네 번째 민간 언론을 허가하고 표현의 자유를 보장하라. 다섯 번째 교육 부분 예산을 확대하고, 지식인의 월급을 인상하라. 여섯 번째 시위를 제한하는 규정을 폐지하라. 마지막으로, 정부의 투명도를 제고하고, 잘못된 정책결정을 내린 관료들의 책임을 물어라.'

국가의 개혁을 요구하는 시위 규모는 점차 커졌고, 지방으로 퍼져 나갔다. 4월 22일 호요방 장례식 때는 분위기가 절정에 다다랐다. 천안문광장에 15만 명이 넘는 학생들이 몰려들었다. 학생들이 국민 청원을 요청했고, 당시의 총리였던 리뻥과의 만남을 요구했지만 받아들여지지 않았다.

그 후 전국 곳곳에서 시위가 시작되었고 폭력 사태도 발생했다. 그날 8인방은 북경대 수탑에 왜 모였는지 이미 편지를 받고 알고 있었다. 미령은 5월 1일, 친구들에게 지유와 미령이 결혼한다는 소식을 알리고 싶어 했다. 모두들 우편으로 청첩장을 받았다. 특히 강생과 강청은 매

---

*) https://en.wikipedia.org/wiki/1989Tiananmensquareprotestsandmassacre
   www.thoushtco.com the tiananmensquare-masscre

우 놀랐다. 그래도 두 명의 강씨는 자신들의 마음을 감추고 싶었다.

미령은 4월 마지막 날에 '꿈'을 꿨다. '다리에 계속 피가 흐르는 꿈'이었다. 식은땀을 흘리며 깬 미령은 곧바로 지유를 찾았다. 수업을 듣고 있었던 지유는 미령의 갑작스런 출현에 놀랐다. 미령에게 달려갔다.

"무슨 일 있어?"

지유는 미령에게 물었다.

"아니, 아무 일 없어."

라고 지유에게 말하며 미령은 덧붙였다.

"우리 빨리 결혼해. 이유는 묻지 마."

"그럼, 언제 하고 싶은데?"

"5월 5일에 해."

"그렇게 빨리."

지유는 놀란 표정으로 대답했다.

"무조건 해."

"알았어."

지유는 어리둥절했다.

그래도 미령과의 결혼 서약을 친구들 앞에서 한다고 하니 기분이 좋았다.

"그럼 내가 손으로 청첩장 여섯 장 만들어서 친구들에게 보낼게. 그럼 되는 거지?"

지유가 덧붙였다.

"근데 반지는 어떡하지?"

천안문

지유는 자신도 모르게 미령에게 물었다.

"걱정하지 마. 아버지가 어머니에게 주신 반지 나한테 있어. 그거 너에게 다시 주면 된다."

"너희 부모님 살아 계신다고 하지 않았어?"

"아니야, 사실 돌아가셨어. 부모님은 문화대혁명 때 자본가로 몰려서 사람들에게 살해당했어. 너무 미안해. 이런 얘기를 늦게 해서. 너무 감추고 싶은 트라우마야. 지금 계신 분은 삼촌과 고모야. 아버지가 삼촌에게 부탁했어, 내 딸들을 잘 부탁한다고. 그리고 돌아가시기 전날 아버지는 모든 재산을 삼촌에게 주셨어. 물론 홍위병에게 거의 빼앗겼지만. 그래서 우리 자매는 더욱더 서로에게 의지하며 학창 시절을 보냈어."

지유는 미령에게 아무 말도 하지 못했다. 그날 미령의 상태가 너무 안 좋아 보였기 때문이다. 사실 지유의 부모님도 그 당시 홍위병에게 너무나 많은 학대를 받았다. 그날 지유는 미령에게 자기 집안의 배경을 자세하게 얘기하지 않았다. 그렇게 '5월 5일 결혼식'은 열렸다.

수탑에 모인 친구들은 부러워했다. 그들은 그 둘의 너무나 이른 결혼식의 '사연'을 몰랐다. 친구들은 모두 축하한다며 작은 꽃다발을 건넸다. 강생과 강청도 마지못해 축하한다고 말했다.

지유는 미령에게 반지를 끼워주며 서약했고, 결혼을 선포했다. 조촐한 결혼식이었지만 다들 흥분했다. 강청은 질투심에 화를 참다가 자신도 모르게 눈물이 났다. 모두 강청이 속으로 부러워서 운다고 생각했다. 결혼식을 마친 후 피로연 장소로 향했다. 피로연 장소는 '순간'이었다. 순간에 도착하고 '선생님도 미령과 지유에게 너무 축하한다.'고 얘기해 주셨다.

식사가 시작되었다. 지유는 결혼식 사흘 전에 방 선생님을 찾아가 "피로연 예산이 이것밖에 안 되는데, 부탁 좀 드려도 될까요? 제가 꼭 갚겠습니다."라고 하며 여쭤보았다. "그리고 꼭 이른 시간에 갚겠다."고 말씀드렸다. 그러자 선생님은 "다음은 없다."고 얘기했다. "우리는 순간 밖에 없다."고 웃으시면서 대답하셨다. 지유는 너무 어리둥절했다. 그러시면서 "내 후배들에게 이 정도 베푸는 건 아무 일도 아니다."라고 말씀하셨다. 그리고 "결혼식을 마음껏 즐겨라."고 말씀해 주셨다.

식사 자리가 무르익고 미령과 지유가 너무 기쁜 모습을 보이자, 친구들은 부러워했다.

사실 강청은 술을 잘하지 못했다. 그런데 그날 저녁 독한 백주를 계속 들이켰다. 그리고 곧바로 화장실로 달려갔다. 뱃속에 있는 모든 음식물을 올린 후에도 강청은 입을 헹구고, 아무 일도 없는 듯 계속해서 백주를 마셨다. 그리고 아무 말도 하지 않고 웃었다. 친구들은 강청을 보며 속으로 웃었다. 그러나 얼굴 표정은 숨기지 못했다. 그러면서 강청에게 얘기했다.

"내가 웃는 게 웃는 게 아니라고…"

사실 강청의 그런 모습을 처음 본 친구들은 정말 웃겼다. 맞은편에 앉았던 강생은 강청이 추해 보였다. 최대한 마음을 감추며 그날은 술을 조절하면서 마셨다. 모두 평소에 먹지 못하는 음식을 계속 먹으니 북경 분위기는 삼엄했지만, 맛있는 저녁을 먹고 있다는 자체가 그냥

천안문

좋았다.

결혼 소식을 듣고 선생님이 특별히 이전에 알고 지내던 요리사를 초빙해 자리를 더욱 빛내 주셨다. 특히 호요방과 조자양은 지유와 미령의 결혼에 말 그대로 격하게 축하해 주었다. 지유는 친구들의 사랑을 받으니 정말 좋았다. 피로연이 잘 끝나고 둘은 서로에게 "영원히 사랑하자."고 얘기했고, 지유는 덧붙였다. "우리 혹시 모르니까, 만약 헤어지면 '매년 8월 8일 저녁 8시 8분'에 인민영웅 기념비에서 만나자. 전쟁이 나지는 않겠지만…"

그날 둘은 선생님이 마련해준 신혼방에서 잠을 잤다. 정말 감사했다. 아니, 꼭 우리를 위해서 은퇴하시고 북경을 떠나지 않으신 거 같았다.

9.

1989년 6월 3일

어긋남

  1989년 5월 13일 이미 학생 대표 3인방 중에서 '차이링'이 단식 농성[*]을 시작했다. 북경은 보이지 않는 깊은 적막감에 들어갔다. 그날 밤 자정은 아마겟돈의 한 장면 같았다.

  "지붕 위에 있는 자는 집 안에 물건을 가지러 내려가지 말며, 밭에 있는 자는 겉옷을 가지러 뒤로 돌이키지 말며, 그날엔 아이 밴 자들과 젖먹이는 자들에게 화가 있으리로다."

  진압군은 무차별적으로 민간에도 총을 난사했다. 의로운 북경 시민들은 진압군이 북경에 들어오는 것을 막기 위해서 바리케이드를 치고 있었다. 그러나 애석하게도 문화대혁명을 겪었던 등소평이었다. 그는 시위대를 겁냈다. 꼭 보호해야 하는 학생들과 계엄령 이후 강제 진압에 반대하는 많은 시민을 보며 과거의 트라우마가 떠올랐다. 20년이 지나서야 밝혀졌다.

----

*) Tiananmen Square : What happened in the protests of 1989?-BBC News

그 당시 회의록을 보면, 등소평이 발언하기를

"나라가 제대로 갈려면 좀 죽여야 해, 20만 정도는 말이야…."

거기에다가 미하일 고르바초프 소련 대통령이 북경을 방문하기로 되어 있었다. 그런데 천안문광장을 학생들이 점유하고 있었기 때문에 어쩔 수 없이 북경 공항에서 영접 행사를 해야만 했다. 참으로 역사는 아이러니했다. 훗날 소련을 개혁 개방으로 이끈 인물의 방문이 개혁 개방을 원하는 시민과 학생들에게 총과 칼의 결과를 남겨 주었다. 미하일 고르바초프의 방중[*] 때문에 외신 기자들도 북경에 속속 도착했다. 외신 기자들의 눈에 보인 광경은, 마치 중국도 자유 민주주의의 싹이 틀 수도 있다는 기대를 하게 해 주었다. 홍콩 시민들도 천안문광장에서 시위가 열리고 있다는 것을 듣고 나서, 드디어 '자유 민주주의'라는 주제로 중국 본토와 접점이 생길 수 있다고 내심 기대했다. 홍콩 반환 시점이 얼마 안 남았기 때문이었다. 북경의 중앙 미술학원 학생들이 제작한 민주주의 여신상도 광장에 세워졌다. 그러나 6월 3일 등소평이 명령한 25만 명의 집결 명령은 공안이 아닌 인민 해방군, 군 병력이었다. 그뿐만 아니라, 특수부대 요원들도 시위 진압에 동원되었다.

군 병력이 북경 교외 지역에 집결하고 있었다. '8인방' 중에 호요방과 조자양은 이미 천안문광장에 도착해서 친구들과 시위를 주도했다. 그리고 가장 위험한 시위대의 앞부분에는 왕단과 외르케시 델레트가 앞장섰다. 지유도 왕홍문과 함께 천안문광장으로 향했다. 버스 정류장으

로 버스를 타러가고 있던 지유는 왠지 모르게 발걸음이 무겁게 느껴졌다. 그리고 우연히 강청을 만났다. 강청은 도서관으로 가고 있었다. 지유는 강청에게 얘기했다. "미령이 도서관에 있으니까, 혹시 만나면 천안문 광장 인민영웅 기념비에서 저녁 6시에 보자."라고 전해줘.

강청은 도서관에서 공부하고 있는 미령을 우연히 만났다.

"지유가 북경대에 있는 수탑(水塔) 에서 저녁 8시에 보자고 했어."

도서관에서 공부하고 있던 미령은 아랫배가 조금 아팠다. 미령은 복통을 심각하게 받아들이지 않았다. 지유를 만난다는 기대감에 7시 반쯤 도서관에서 북경대 캠퍼스 안에 있는 수탑(水塔)으로 향했다. 그런데 걸어가는 중에, 조금씩 배가 조여 오기 시작했다. 그래도 별로 개의치 않았다.

'오늘 저녁 진압군이 천안문광장으로 들어갈 수 있다.'고 가는 길에 친구들에게 들었다. 정말 다행이었다. 깊은 안도의 한숨을 내쉬었다. 8시에 도착한 미령은 지유를 찾아보았다. 혹시나 해서 수탑을 계속 돌았다. 배는 조금씩 더 조여 왔다. 계속 깊은 심호흡을 하며 팔로 배를 부둥켜안고 서서 참고 있었다. 아무도 없었다. "지유가 왜 안 오지?" 하며 스스로에게 계속 되물었다. 갑자기 저녁 하늘이 잿빛으로 바뀌었다. 불안감이 엄습해 왔다. 그리고 식은땀이 계속해서 흘러내렸다. 온몸이 땀으로 흥건해졌다. 그리고 갑자기 몸이 추워졌다. 다리에서 조금씩 피가 흐르는 게 보였다. 계속 흘렀다.

"엄마"

자기도 모르게 소리쳤다.

저녁 9시까지 미령은 지유가 늦게라도 올까 싶어 움직이지 않았다. 피가 하염없이 흘렀다. 그래도 의식은 있었다. 그래서 메모를 남겨두고 기숙사로 걸어갔다. 다섯 걸음 걷고, 30초 쉬어야 했다. 또다시 다섯 걸음 걷고 30초 쉬었다. 한 시간 정도 그랬을 즈음, 우연히 방 선생님을 만났다. 미령을 보고 너무 놀란 방 선생님은 미령을 급하게 업었다.

스스로 생각했다.

'오늘 밤에 천안문광장에 가면 위험하다는 소식을 학생들에게 거의 알렸다.'고,

'절대 천안문광장으로 오늘 저녁에 가지 말라고.'

지나가는 사람에게 얘기하고 다녔다. 미령을 본 선생님은 미령에게 물었다.

"지유는 어디에 있냐?"

"지유는 수탑에서 8시에 만나기로 했는데 오지 않았어요."

미령은 울먹이며 말했다.

선생님의 한숨이 깊어졌다. 이미 느낌으로 알았다.

'지유는 천안문광장에 있으리라는 것을.'

천안문광장 인민영웅기념비에서 지유는 저녁 6시부터 미령을 기다리고 있었다. 저녁 6시에 도착한 강생과 인사를 했다. 강생은 '시위대 맨 앞에 설 것'이라고 지유에게 얘기하고 천안문광장에서 사라졌다. 지나고 보니 천안문 사태 때, 강생이 어디로 간지는 아무도 몰랐다. 왕홍문도 마찬가지였다. 지유는 자리를 뜰 수가 없었다. 계속 이렇게 생각했다. '만약 자리를 뜨면 이 거대한 광장에서 미령을 어떻게 찾냐?'고 되

1장 죽음

풀이했다. 그런데 이상하고 불길한 생각이 계속 이어졌다.

'미령은 한 번도 약속에 늦은 적이 없었기 때문이다.'

두 시간이 지나고, 이렇게 생각했다.

'아마 차가 밀려서 그럴 거야.'

'세 시간이 지나고는, 아마 배가 고파서 그럴 거야.'

자정이 지나갔다. 지유는 인민영웅기념비 밑에 쪼그리고 앉았다. 인민영웅기념비를 천천히 돌면서 이제는 미령을 찾을 힘이 없었다.

저녁 7시에 천안문광장 인민영웅기념비에 도착한 강청은 지유에게 천연덕스럽게 물었다.

"미령이 안 왔냐?"

"아직 안 왔다."

지유는 다시 한번 확인했다.

"미령에게 저녁 6시에 이리 오라고 했지?"

"그렇다."

고 대답하고는 강청 또한 사라졌다. 8인방 중에 자정 12시까지 천안문광장에 남아있던 친구는 조자양, 호요방 그리고 지유였다. 지유는 미령에 대한 걱정이 물밀듯이 몰려왔다. 자정이 지나고 조금씩 북경 교외에서 불길이 솟구쳤다. 그리고 곳곳에서 연기도 나기 시작했다. 뭔가 천안문광장 인민영웅기념비에 있는 자신들을 향해서 계속 좁혀 오는 것 같았다. 서로를 쳐다보는 세 명의 눈빛에 이제는 정의로움보다는 두려움이 앞섰다.

천안문

10.

자정 '천안문광장'

불길은 천안문광장[*]에서 산발적으로 번져갔다. 갑자기 아수라장으로 변했다.

"탕탕!"

소리가 나더니,

"구르륵 구르륵!"

탱크 소리도 들렸다.

시민과 학생들을 향해서 진압이 시작되었다. 해산 명령이 떨어진 것 같았다. 모두 어디로 가야 할지 몰랐다. 시민들과 학생들은 '꼭 독 안에 든 생쥐' 같았다. 멀리서 보이는 친구들은 하나둘씩 쓰러지기 시작했다. 그냥 탱크로 밀어붙였다. 총소리뿐만 아니라 기관총 소리도 끊임없이 들렸다.

세 명도 흩어졌다. 그러나 지유는 인민영웅기념비를 지켰다. 조자양

---

[*] 六四事件 ： BBC 天安门现场报道全记录

과 호요방은 끝까지 시위대와 함께했다. 그리고 인민 해방군의 총에 맞고 즉사했다. 인민영웅기념비에 있던 지유는 친구들이 죽어가는 것을 눈앞에서 목도했다. 총알이 빨리 자기 자신을 뚫고 가기를 바랐다. 계속 소리를 질렀다. 희한하게도 총알은 계속 지유를 비껴갔다. 인민영웅기념비에 당도한 진압군은 곤봉으로 지유의 두개골을 부실 듯이 내리쳤다. 지유는 쓰러졌다. 얼굴에 피가 흘러내리기 시작했다. 살아 있는지 확인이라도 하듯 지유를 계속 내리쳤다. 이미 지유는 죽은 것 같았다. 몇몇 친구들은 다친 친구들을 손수레에 태워 병원으로 이송했다. 진압군이 지나가고 지유는 친구들에게 붙들려 손수레에 실려 갔다. 그리고 사라졌다. 인민영웅기념비에는 그의 붉은 피가 홍건했다. 아니 천안문광장에는 학생들과 시위대의 붉은 피를 마치 소방서 호스에 끼워 학생과 시위대의 몸에 뿌리는 것처럼 보였다. 소방차 호스에서 빨간 용액이 끝없이 나왔다. 마치 사막 한가운데에서 유전을 찾으면 기쁨을 표시하듯이 이제는 천안문광장 땅속 곳곳에서 환희의 붉은 피가 뿜어져 나왔다.

그 당시 그곳에 있던 사람들은 모두 다 미쳤다. 작가도 미쳤다. 마약이 필요가 없었다. 동료의 죽음이 마약이었다. 고귀한 붉은 피가 온몸에서 뿜어져 나오면, 온몸 구석구석에 진압군에 의해서 검붉은 색으로 채색되었다. 다시 말하면, 확인 사살도 서슴지 않았다. 그들은 친구들과 시위대를 끊임없이 죽였고, 민간인들도 계속 죽이고, 죽였다. 2차 세계대전 때 난징에서 중국인을 죽인 일본군 같았다.

진압군은 그날 악마로 변했다. 그날 밤 천안문광장에 투입된 군인은

천안문

인민 해방군 특수부대였다. 밤이 깊어지자, 집으로 돌아간 시민과 학생들은 집에서 자다가 탱크에 깔려 죽고, 바리케이드를 지킨 학생들은 조준 사격을 당하며 학살되었다. 그 당시 천안문광장에서 살아남을 방법은 없었다. 그냥 하늘만 바라볼 수밖에 없었다. 아직도 얼마나 많은 사람들이 죽었는지 가늠조차 안 되는 상황이다.

미령을 업은 방 선생님은 힘이 부족했다. 결국 미령을 떨어트렸다. 미령은 얼굴에 상처가 났다. 아프다는 생각이 안 들었다. 미령의 머릿속에는 온통 자유밖에 없었다. 지나가는 손수레를 발견하고 선생님은 부탁했다.

"내 딸이 죽어가고 있다고…."

다행히도 흔쾌히 손수레를 빌려줬다. 방 선생님은 미령을 손수레에 태우고, 북경대 부속 병원으로 향했다. 페달을 밟으면서도 방 선생님은 미령이 죽을까 봐 다리가 후들거렸다. 땀이 나오는 게 아니었다. 이미 온몸이 완전히 젖었다. 병원에 도착한 방 선생님은 지나가는 사람에게 부탁했다.

'미령을 응급실로 옮겨달라고.'

응급실은 다친 사람들로 이미 꽉 찼다. 북경에 들어오는 진압군을 막으려고 했던 시민군들이 총칼에 찔려 병원마다 환자를 치료하느라 북새통이었다.

영양제도 없었다. 아무것도 할 수 없었다. 미령의 맥박은 계속 떨어졌다. 방 선생님은 주위에 먹을 것을 구하러 다녔다. 병원 주위를 한 시간 넘게 돌던 방 선생님은 아무것도 살 수 없었다. 어쩔 수 없이 본인 식당에 가야 했다. 식당에서 다급하게 간단한 음식을 만든 후 병원으로 돌아왔다. 그리고 식당에 메모를 남겨 두었다.

'사모님이 식당에 오면 북경대 부속 병원 응급실로 빨리 오라.'는 내용이었다. 병원에 도착한 선생님은 아무 것도 할 수 없었다. 이미 병원은 부상자로 인산인해였고 시체가 쌓여갔다. 계속해서 손수레에 부상자들이 실려 왔다. 미령은 이미 기절한 상태였다. 그리고 2시간이 지나서 방 선생님의 부인이 병원에 도착했다. 자세히 보더니 아이가 유산된 걸 알았다. 하혈로 인해서 피가 부족한 상태였다.

'전쟁 기초 구급법'을 배운 사모님는 간호사에게 얘기했고, 곧이어 미령의 혈액형을 알아냈다. 방 선생님과 같은 O형이었다. 방 선생님은 곧바로 피를 뽑았다. 그리고 그 피를 미령에게 계속 수혈했다. 방 선생님은 어지러웠지만 꾹 참았다. 미령을 살리고 싶었다. 다른 손수레에 부상자가 실려 왔다. 힐끗 보니 지유 같았다. 앞으로 가서 자세히 보았다. 부상으로 얼굴에 덮인 흰 면사포를 살짝 들춰 보았다. 다행히 지유가 아니었다. 선생님은 안도의 한숨을 내쉬었다.

시간이 조금 지나서 미령은 의식이 회복되었다. 방 선생님은 식당 직원들을 불러 손수레를 자기 집까지 밀어 달라고 했다. 집에 도착했을 때 미령은 잠들어 있었다. 그냥 쓰러진 사람처럼 보였다. 방 선생님과 사모님은 미령을 안방으로 부축해서 옮겼다. 그리고 그들 부부는 응접실로 나왔다. 식탁에 앉자마자 공안이 들이닥쳤다. 그리고 그들 부부를 연행해 갔다. 아무런 이유도 없었다. 단지 취조를 위해서였다.

천안문

11

1989년 6월 4일

정오

다음날 침대에서 눈을 뜬 미령은 집에 아무런 인기척이 없음을 느꼈다. 그런데 몸을 움직일 수가 없었다. 그래서 계속 사람이 있냐고 소리쳤다. 아무도 없었다. 그냥 눈을 감았다. 전날 저녁에 있었던 일이 환청으로 들렸다.

"쿵쿠쿵"

삐거덕 문이 열리는 소리가 들렸다. 들이닥친 공안은 소리쳤다.

"무릎 꿇어!"

방 선생님이 무릎을 꿇지 않으니, 곤봉으로 선생님의 어깨를 내리쳤다. 그리고 구두 앞 뾰족한 부분으로 선생님의 무릎을 걷어찼다. 무력으로 방 선생님의 무릎을 꿇렸다. 곧이어 사모님에게도 소리쳤다.

"너도 꿇어!"

사모님은 눈물을 흘렸다. 너무 무서웠다. 그리고 물었다.

"밖에 왜 손수레가 있지?"

"아내가 허리가 안 좋아서 내가 실어서 왔다."

라고 선생님은 둘러댔다. 공안은 이미 모든 첩보를 받고 있었다. 선생님 부부에게 자식이 없는 것도 알고 있었다. 안방에 미령이 있을 거라고 의심하지 않았다. 그들은 바로 포승줄로 부부를 묶은 후에 이송해 갔다. 이송되는 방 선생님 부부의 마음속에는 미령에 대한 걱정밖에 없었다. 방 선생님은 고개를 푹 숙인 채 혼잣말을 했다.

"지유는 살아있을까?"

"지유가 빨리 이리로 와서 미령을 데리고 나가야 하는데…."

선생님은 미령도 연행될까 봐서 걱정이 앞섰다. 그들의 감시망은 촘촘했기 때문이다. 이미 북경은 계엄령이 떨어진 상태였다. 미령은 기어서 응접실로 나왔다. 무릎을 꿇고, 의자에 팔꿈치를 걸고, 온 힘을 다해서 일어났다. 식탁에 선생님 부부의 사진이 있었다. 집에는 아무도 없었다. 공포감이 몰려왔다. 꿈꾸고 있는 거 같았다. 누워서 환청으로 들린 것이 사실처럼 느껴졌다. 바닥에는 포승줄의 흔적이 있었기 때문이다.

방 선생님 부부는 개처럼 끌려 나갔다. 천안문광장은 이미 봉쇄되었다. 군인 경찰 외에는 개미 한 마리 보이지 않았다. 다음날부터 물청소가 시작되었다. 막사 이동차에서 내린 군인들은 모두 빗자루를 들고 있었다. 그리고 개미처럼 청소했다. 핏자국이 없어질 때까지 문질렀다. 그렇게 천안문광장은 청소되었다.

공안국과 파출소에는 잡혀 온 학생들과 시민들로 북적였다. 공안들은 잡혀온 사람들에게 "반성문을 쓰면 풀어준다."라고 했다. 그리고 학생마다 연락책 다섯 명을 꼭 쓰도록 했다. 그리고 확인되지 않으면 풀

천안문

어주지 않았다. 지나고 나니 풀어준 사람은 없었다. 경찰서에서는 풀어
줬지만, 경찰서 마당에서 다시 잡아 정신병원으로 이송시켰다. 아이러
니하게도 시위를 이끈 주도자들은 감금 후에 풀려났다. 외신들이 계속
집요하게 물어봤기 때문이다. 물론 미행은 멈추지 않았다. 모든 일거수
일투족을 공안국은 보고 받았다.

　미령에게 갑자기 공포심이 엄습했다. 예전에 부모님이 홍위병에게 맞
아서 살해당한 트라우마가 떠올랐다. 계속 호흡이 끊겼다. 숨을 쉴 수
가 없었다. 머리도 너무 어지러웠다. 아무것도 할 수 없었다. 그냥 공기
만을 입속에서 조금씩 내뱉고 있었다. 그리고 마루바닥에 쓰러져서 잠
들었다.

12.

1989년 6월 4일
자정

저녁 12시, 잠에서 깼다. 미령은 아무 기력이 없었다. 그래도 지유를 찾으려면 움직여야만 했다. 싱크대를 봤다. 선생님이 병원에서 가져온 음식이 있었다. 뚜껑을 열어 냄새를 맡아보니 상하지는 않았다. 손으로 조금씩 먹었다. 갑자기 눈에서 닭똥 같은 눈물이 계속 떨어졌다. 눈물은 멈추지 않았다. 계속 흐느끼기 시작했다. 갑자기 세상이 거대한 벽처럼 느껴졌다.

'어제 오전만 해도 북경 상황이 좋지는 않았지만, 이 정도는 아니었는데…'

이 모든 것이 악몽이기를 바랄 뿐이었다. 그리고 다시 한번 볼을 꼬집어 보았다.

'안 아파야 하는데.'

창가 화분에는 계란 꽃이 피어 있었다. 선생님이 심어놓은 것이었다. 계란 꽃을 보며 생각했다. 내가 계란 꽃이면 얼마나 좋을까?

'그냥 자연스럽게 시들어 죽을 텐데…'

천안문

밖에는 계속 사이렌 소리가 들렸다. 오늘은 얼마나 연행해 갔을까? 그래도 지유를 찾으려는 마음에 밖으로 나갔다. 밖은 너무 어두웠다. 안 그래도 북경의 밤거리는 어두웠는데 가로등마저 모두 꺼버렸다. 10m쯤 걸었다. 스스로 생각했다.

'난 아직 잡혀가지 않았다.'

30m를 걸었다. 저 멀리서 사람이 보였다. 공안에 싸여서 집단 구타를 당하고 있었다. 계엄령은 계엄령이었다. 기로에 섰다.

'개처럼 맞아야 하는지.'

'개처럼 맞다가 죽을 것인지.'

'선생님 집으로 다시 돌아가야 하는지.'

미령은 무서웠다. 주인 없는 집에 들어가는 게 꼭 지옥에 들어가는 기분이었다. 결국엔 마지막을 선택했다. 또다시 눈물이 났다.

"선생님, 어디세요?"

흐느꼈다.

"선생님, 살려주세요."

스스로 자기도 모르게 기도했다. 30m를 살아 돌아간다는 보장이 없었다. 갑자기 공안이 나타날 수도 있었기 때문이었다.

낮에 라디오에서 흘러나왔다. 계엄령이고, 북경 시민들은 외출 금지였다.

"지금은 작전 중입니다. 주자파 과격주의자 세력을 지금 말살해야, 중국이 순항할 수 있습니다."

"선생님, 지유와 함께 제 앞에 제발 나타나 주세요."

마음속으로 온 가슴이 흠뻑 젖도록 기도했다. 다행히 선생님 집에 다시 돌아왔다. 그런데 그것이 다행인지 헷갈렸다. 차라리 개처럼 맞고 싶었다. 그리고 미치고 싶었다.

'그러면 이성이 마비될 거 아니야.'

문을 어는 순간 인기척은 없었다. 또 다른 종류의 적막이 미령을 감싸고 있었다. 식탁에 앉았다. 물을 조금 마셨다. 물이 느껴졌다. 배속에 물이 들어가는 게 느껴졌다. 모든 게 새로웠다. 남의 집에 있는 것도 새로웠지만, 바깥세상은 또 다른 세계였다.

'차라리 전쟁이 났으면 좋으련만…'

'그러면 같은 민족끼리 이렇게 죽이진 않았을 텐데…'

그리고 식탁에 엎드렸다.

'친구들은 어디에 있을까?'

'지유는 친구들과 함께 있을까?'

'지유야 보고 싶어.'

'너무 보고 싶어, 보고 싶기도 한데, 나 살려줘.'

'아님, 죽여줘.'

'어디야?'

'잘 있니?'

'나 너무 슬퍼, 혹시 내가 뭐 잘못했니.'

'이제 숨바꼭질 그만해도 되잖아!'

'혹시 너에게 실수라도 한 거 있으면 알려줘, 부탁이야. 내가 잘못했어.'

천안문

13

2017년 1월 20일
태수의 죽음

"우리 모두 다함께 미국을 다시 위대하게 만들 것입니다. 감사합니다. 신의 가호가 있기를"

미국 45대 대통령 취임식이 거행된 날이었다. 워싱턴 날씨도 우중충했지만, 중국 강소성 소주 날씨도 마찬가지였다.

원탁이의 아들 태수는 오후에 친구들과 놀기로 약속했다. 오전에는 아버지를 따라서 시장에 놀러갔다. 시장에는 사람들이 북적거렸다. 우연히 시장에서 철수를 만났다. 둘은 학교에서도 단짝이었다. 시장에서 태수가 절친한 친구를 만난 것을 보고, 아빠는 태수에게 "정육점에서 고기를 사올 테니, 친구와 여기서 기다리라."고 했다. 시장에 너무나 사람이 많았기 때문이다.

철수도 태수를 보니 들떴다.

"태수야, 우리 오후에 친구들 만나기로 했잖아. 그럼 우리 같이 만나서 갈까?"

"당근, 오케이지."

"그러면, 오후 2시에 우리 아파트 앞에 있는 놀이터에서 만나."

"오케이."

그렇게 약속하고 철수는 자기 아빠를 따라갔다. 그런데 물건을 가득 싣고, 경운기를 운전하던 어떤 아저씨는 후진을 하다가 태수를 보지 못하고 쳤다. 태수는 뒤통수를 부딪히고 그대로 쓰러졌다. 경운기 운전사는 자신 때문에 아이가 부딪힌 걸 알면서도 모른 척하며 유유히 사라졌다. 사람들은 꼬마애가 쓰러져도 별 관심이 없었다. 머리에서 피가 났다. 그렇게 십분 정도가 흘러갔다. 정육점에서 저녁에 먹을 고기를 사고, 태수와 헤어진 장소로 돌아온 아버지는 태수를 계속 찾아보았다. 그러다가 쓰러져 있는 아이를 보았다. 태수였다. 얼굴이 사색이 되었다. 아이는 숨은 쉬고 있었다. 아이를 둘러업고 주차장으로 달려갔다. 그리고 차 조수석에 눕히고 바로 병원으로 향했다. 주차비를 정산할 시간이 없었다. 너무나 급한 나머지 주차 차단기도 부러트렸다. 이미 심연에 있는 느낌이었다. 정신이 몽롱했다. 응급실에 도착한 아버지는 의사를 불렀고, 의사들이 달려왔다.

곧바로 겉옷을 찢었다. 피를 너무 많이 흘렸다. 의식이 사라졌다.

"아이 혈액형 어떻게 되요."

"O형입니다."

곧바로 수혈에 들어갔고, 에크모에 들어갔다. 그리고 10분 후 의사는 중환자 수술실에서 나왔다. 그리고 아버지에게 얘기했다.

"죄송합니다."

그렇게 금지옥엽처럼 키우던 아이는 황망하게 세상을 등지고 떠나갔

천안문

다. 슬프지 않았다. 가슴이 먹먹했다. 그냥 차분함이 느껴졌다. 태수 아버지는 머리를 만졌다. 그리고 눈물이 조금 나왔다. 슬픔은 사치였다. 그해 전년도에 아내도 교통사고로 세상을 등졌기 때문이다. 모든 게 프로그램 된 일처럼 느껴졌다. 이제 본인도 따라갈 생각만 했다. 그리고 학교에 알렸다. 이제는 원망도 없어졌다. "수준이 이런데, 뭐가 바뀌겠어."

"나라가 양아치인데 국민이 선하면 안 되지."

"양아치보다 수준이 안돼야지."

"그래야 국가가 국민을 이끌어가지."

그러면서 생각했다.

'우민(愚民) 정책은 너무나 절묘하다고…'

14.

1989년 6월 5일

정오

낮 12시를 기준으로 계엄령은 해제되었다. 미령은 6월 4일 하루가 십 년처럼 느껴졌다. 미령은 방 선생님 집에서 나왔다. 대낮인데도 분위기는 음산했다. 골목마다 군인이 서 있었다. 거리에 사람도 별로 없었다. 온몸이 각목으로 맞은 것처럼 아팠다. 내리쬐는 햇볕이 뜨겁게 느껴지지 않았다. 몸은 차가웠다. 그런데 북경대학 교정은 푸른색이었다. 그렇게 30분을 걸어서 기숙사로 왔다.

기숙사에 도착하니 울음바다였다. 행방불명된 친구가 1,000명은 되었다. 대자보에 계속해서 이름이 올라왔다. '실종자를 찾는다.'라는 내용이었다. 지유의 사진과 신상 정보를 써서 붙였다. 그리고 기숙사에서 만난 경령이에게 들었다. '호요방과 조자양은 인민영웅기념비에서 데모하다가 진압군에 의해서 사살되었다.'는 얘기였다. 가슴이 철컥 내려앉았다. 온몸이 부들부들 떨렸다.

'그럼 지유는 수탑(水塔)에 안 온 게 확실하네.'

'지유 성격에 친구들을 배신할 리는 없으니까.'

미령은 강청을 빨리 찾아야만 했다.

'강청을 만나야 해.'

계속 되뇌었다.

"강청을…."

그렇게 미령은 수소문해서 강청이 어디에 있는지 알아냈다. 강청은 도서관에서 공부하고 있었다. 미령은 강청에게 다시 물어보았다.

"지유가 확실하게 수탑에서 만나자고 했어?"

강청은 빤히 미령을 쳐다보면서 얘기했다.

"그럼 내가 거짓말하겠어. 너를 안전하게 피신시키려고 그렇게 했던 게 아닐까?"

"그럴 리가 없어. 지유가 우리 영원히 함께 하자고 했단 말이야."

강청은 이렇게 대꾸했다.

"그럼 지유를 찾아서 물어보면 되잖아?"

강청의 눈썹은 위로 올라갔다. 미령은 순간 강청에게서 섬뜩함을 느꼈다. 그러면서 강청은 쏴 부쳤다.

"재수 없게, 자기 남자 친구가 어디에 있는지 왜 나한테 물어…."

속으로 생각했다.

'과연 우리 8인방이 친구였나.'

미령은 귀싸대기를 올리고 싶었다. 그러나 손 들 힘도 없었다. 눈꺼풀 감을 힘도 없었다. 미령은 기숙사로 돌아왔다.

"어떡하지?"

"이제 뭘 해야 하지"

몸이 움직여지지 않았다. 잠깐 앉아서 벽에 기대었다. 눈을 뜨니 5시간이 지났다. 미령은 북경에 있는 모든 병원을 찾아 다니기로 했다. 처음 찾아간 병원은 인민병원이었다. 깨끗했다. 모든 게 정상이었다. 바닥에 핏자국조차 없었다.

"혹시 지유라는 환자 왔나요?"

간호사는 멋쩍게 쳐다보았다. 그러면서 얘기했다.

"내가 그걸 어떻게 아나요?"

'그래, 천만 도시에 이름 하나 가지고 사람을 어떻게 찾지?'

깜깜했다. 출구가 없는 동굴에 갇힌 기분이었다. 그리고 사진을 보여주었다. "혹시 이렇게 생긴 환자 오지 안 왔나요?" 다시 물어보았다.

"여기 응급실에 하루 200명 이상 옵니다. 제가 어떻게 그렇게 많은 사람을 기억하죠."

간호사는 대답했다.

"그리고 혹시 모르니 행정실에 가보세요."

미령은 곧바로 행정실로 향했다.

"혹시 이렇게 생긴 지유라는 학생 왔나요?"

행정실 직원은 대답했다.

"언제를 말씀하는 거예요?"

"6월 3일 아니면 4일입니다."

미령은 대답했다. 행정실 직원은 가만히 고개를 숙이더니 대답했다.

"그날 환자 리스트 작성 못 했습니다. 작성할 수가 없었어요. 우리도 최선을 다했지요. 환자가 시간당 100명씩 몰려왔어요."

천안문

"그럼, 그 환자들 다 어디에 있나요?"

"6월 4일에 옥상 임시 중환자실로 옮겼습니다."

"그럼, 그곳에 모두 있나요?"

"아니요, 그날 저녁에 일괄적으로 시 정부에서 다 데리고 갔습니다."

"어디로요?"

"저는 모릅니다."

미령은 눈물이 주르륵 흘렀다.

"내가 어제 왔어야 했는데…."

스스로 계속 자책했다. 뭔가 느낌이 좋지 않았다. 그래도 다른 병원으로 향했다. 그렇게 자정까지 돌고 돌았다. 돌아오는 대답은 모두 똑같았다. 너무 힘들었다. 몸이 힘든 건 참을 수 있었다. 그러나 병원에 갈 때마다 '혹시나' 하는 마음에 무서웠다. 그리고 기숙사로 돌아왔다. 그때 북경에서는 밤마다 검은 연기가 계속 하늘로 올라갔다. 6월 4일부터였다. 그리고 북경 근처의 화장터는 일반인을 받지 않았다. 그래서 누군가 죽어서, 화장을 하려면 3시간 차 타고 천진까지 가야 했다. 미령은 잠들 수가 없었다. 눈 감으면 계속 악몽에 시달렸다.

1장 죽음

15

1989년 6월 6일
아침 9시

새벽부터 비가 내렸다. 검은 비였다. 북경 사람들은 외출하는 게 두려웠다. 꼭 검은 물이 핏물 같았다. 미령은 아랑곳하지 않았다. 우산도 쓰지 않고 나갔다. 그리고 시외전화를 하러 갔다. 미령은 고향에 전화했다. 고모가 전화를 받았다. 미령은 침착하게 애기했다.

"잘 지내세요?"

"별일 없으시죠."

"혹시 애령이 집에 있나요?"

고모도 미령에게 '무슨 일이 있는가.'하고 물었다. 미령은 대답했다.

"아무 일 없어요. 잘 지내고 있습니다."

그리고 애령이 전화를 받았다. 애령은 받자마자 애기했다.

"언니 괜찮아? 지금 북경 근처 대학들은 난리라고 하던데. 시안도 대규모 시위가 있었는데. 시안이 고향인 친구가 어제 알려줬어."

미령은 아무 말도 안 나왔다. 계속 흐느꼈다.

"언니 괜찮아. 내가 갈게. 아무 걱정하지 마. 그냥 아무 생각도 하지 마."

애령은 미령이 아무 얘기 안 해도 직감으로 알았다. 기말고사 기간이 었던 애령은 시험을 포기하고 바로 기차역으로 갔다. 오후 3시였다. 자 정에 북경행 기차가 있었다. 모두 딱딱한 의자 좌석이었다. 중국 각지 에서 북경행 기차는 모두 만석이었다. 애령은 9시간을 기다렸다가 기 차를 탔다. 그리고 한숨도 못 자고 6월 7일 저녁 8시에 북경에 도착했 다. 미령이 나와 있었다. 아무 말도 필요 없었다. 자매는 부둥켜안고 5 분간 울었다. 둘은 버스를 타고 학교로 향했다. 학교는 침울하고 군데 군데 울음바다였다. 기숙사에 비어있는 침실이 많이 생겼다. 버스를 타 고 오는 길에 미령은 애령에게 몇 일간 있었던 북경의 일들을 얘기했 다. 애령은 계속 눈물을 흘렸다. 기숙사에 도착하니 애령의 눈이 퉁퉁 부어 있었다. 애령이 보기에 언니가 너무 야위었다. 애령은 직접적으로 얘기했다.

"언니 고향으로 가자! 사실 지유 오빠 못 찾을 거 같아."

미령은 대답했다.

"왜? 아직 죽지 않았잖아? 부고란에 아직 안 올라왔어. 혹시 어디에 선가 나를 찾고 있는 거 아닐까?"

"미령 언니, 내 눈에는 언니가 곧 죽을 거 같아."

"난 괜찮아. 살아 있잖아. 근데 지금 지유가 어디 밤거리를 돌아다 니고 있는 게 아닐까? 근데 왜 기숙사로 안 오지? 왜 날 찾으러 오지 않지. 난 도대체 이해가 안 돼. 사랑한다고 했잖아. 근데 왜 안 나타나 냐고?"

언니 말을 듣고 있는 애령은 아무 말을 할 수가 없었다. 둘은 이층

침대에 누워 있었다. 이층에 누워 있던 애령은 1층 침실에서 얘기하는
언니 말을 들으며, 계속 눈물이 흘렀다. 배게는 이미 축축했다. 그냥
아무 생각이 안 났다. 어느 순간 언니가 미치지 않을까 걱정됐다. 그리
고 북경에 언니와 머물러야겠다는 생각이 앞섰다.

천안문

1989년 6월 17일

괴로움

애령이 북경에 올라온 지도 10일 가까이 되었다. 사진관에서 지유의 사진을 충분히 현상한 다음, 둘은 북경에 있는 모든 병원을 다시 찾아 다녔다. 그리고 가는 병원마다 지유 사진을 붙였다. 그리고 전화번호 도 남겨 두었다. 연락은 오지 않았다.

애령은 생각했다. 지금 이대로 가다가는 언니가 죽을 거 같았다. 삼 촌과 고모에게 연락했다.

"삼촌, 고모하고 북경으로 올라 오세요. 어차피 제 애기는 듣지 않을 거 같아요. 언니 지금 안 데리고 가면 죽을 거 같아요. 부탁해요. 최대 한 빨리 올라오세요."

그리고 전화를 끊었다. 다음날 삼촌과 고모는 북경으로 올라왔다. 언니도 솔직하게 상황에 대해서 애기했다. 삼촌은 미령에게 애기했다.

"가자, 내가 부탁이다. 너희 아빠에게 약속했어. 잘 키우겠다고. 고향 에 잠시나마 있어 보자. 너 지금 이렇게 시간 보내면 큰 일 날 것 같아. 너 이미 15kg 빠졌어. 몰골밖에 안 보여. 시체 같아 보여. 지유가 너 찾아왔는데, 네가 죽었다는 소식 들으면 어떻겠어. 일단 고향으로 가자. 여기 있는 친구들에게 지유 오면 무조건 연락 부탁한다고 얘기해 두면 되잖아. 삼촌이 부탁할게. 가자!”

그날 낮에 언니는 쓰러졌다. 그래서 구급차에 실려 갔었다. 의사가 말하길 '이미 몸 상태가 너무 안 좋아서, 무조건 절대안정을 취하고 쉬어야 한다.'라고 했다. '만약 그렇지 않으면 위험하다.'라고 했다.

언니도 어쩔 수 없었다. 그리고 다음날 중경으로 향했다. 다 같이 북경 역에 도착했다. 기차를 타려고 플랫폼에서 기다리고 있었다. 플랫폼에서도 언니는 주위를 계속 두리번거렸다. '혹시나 지유 오빠가 자기를 찾아올까 봐서…'

언니는 기차에 올라 자리에 앉은 다음, 허리를 구부리고 앞에 있는 간이 테이블 위에 얼굴을 손바닥에 파묻고 엎드렸다. 기차가 출발했다. 언니는 갑자기 벌떡 일어났다. 그리고 창문 밖을 바라보았다. 보슬비가 내리고 있었다. 분위기에 안 맞는 것 같았다. 차라리 소나기라도 시원하게 와서 언니가 상쾌함이라도 조금 느껴보길 바랐다. 기차가 달려 지유 오빠가 따라 올 수 없는 속도가 되니, 다시 엎드렸다. 엎드려 계속 울었다. 그렇게 15시간을 기차는 달렸다. 그리고 중경에 도착했다.

미령은 중경 역에 내리는 순간 북경에서 지냈던 게 꿈만 같았다. 집에 도착한 순간 물만 조금 마시고 거의 쓰러졌다. 저녁 7시에 잠들어서 다음 날 저녁 10시에 일어났다. 애령이 계속해서 언니 주위에 머물렀다. 그리고 혹시나 할까 봐서, 매 시간마다 손등을 코에 가까이 대어 보았다. 숨은 쉬고 있었다. 미령은 저녁 10시 즈음에 눈을 떴다. 몸이

천안문

움직여지지 않았다. 가위에 눌렸다. 주위 사람을 부르는데 입에서는 말
이 나오지 않았다. 계속 움직이지 못했다.

"그래 그냥 날 죽여라, 이 귀신아!"

귀신은 물러갔다. 미령은 그제서야 몸을 움직일 수 있었다. 그리고
샤워를 하러 들어갔다. 샤워기를 틀고 계속 울었다. 울다 지쳐서 나왔
다. 애령이 식탁에서 기다리고 있었다. 애령이 얘기했다.

"언니, 이거 먹어, 언니 안 먹으면 나도 같이 안 먹을 거야."

그래도 어쩔 수 없었다. 힘이 하나도 없었다. 그리고 애령이 준비해
준 요구르트만 한 모금 마시고 다시 침대에 누웠다. 미령은 지유 생각
밖에 없었다. 기도했다.

'꿈에서라도 지유를 만날 수 있게 해 달라고.'

그렇게 하루가 지나갔다. 미령은 중경에 왔다는 것을 그다음 날이 되
서야 실감했다. 집에 시체 한 구가 다니는 거 같았다. 미령은 몸에 기력
이 하나도 없었다.

그리움

미령은 북경 역에 오전 8시에 도착했다. 북경을 떠났던 게 두 달 가까이 되었지만, 여전히 마음은 북경에 있었다. 중경에서 두 달 동안 지내며 기력은 조금 회복되었다. 북경은 북경이었다. 도착하자 마음 한구석이 아려왔다.

두 달 동안 북경도 많이 변했다. 1990년 북경 아시안 게임을 앞두고 있었기 때문이다. 온 도시는 여전히 공사판이었다. 숨막힐 정도로 더웠다. 건조한 북경 날씨에 그해 여름은 습기까지 있었다. 희생된 이들의 눈물 같았다. 아니, 희생된 이들보다 남아 있는 사람들의 애타는 마음 같았다.

북경에 도착하자마자 학교로 갔다. 방학이라 대부분 학생들이 고향에 내려갔다. 우연히 도서관에서 공부하고 있는 강생을 만났다. 미령을 만난 강생도 놀랐다. 강생이 먼저 말을 건넸다.

"괜찮아? 북경은 똑같이 북경이야. 모든 게 변하고 있어."

미령도 강생에게 어떻게 지내는지 물어보았다. 강생은 대답했다.

천안문

“난 지금 공무원 시험 준비 중이야. 공무원이 나의 목표야.”

“그렇구나.”

미령은 대답했다. 그리고 얘기했다.

“그럼, 알았어, 계속 학업에 매진하기를 바라.”

사실 미령은 강생에게 그 당시 천안문 상황을 물어보고 싶었다. 그런데 이상하게 묻고 싶지 않았다. 뭔가 이성을 누르고 있었다. 교정을 걷던 미령은 수탑에 가서 근처 의자에 앉았다. 그냥 눈물이 나왔다. 그렇게 한 시간 정도 하염없이 울고 학교 밖으로 나왔다. 시내버스를 탔다. 행선지는 천안문광장이었다. 저녁에 천안문광장에는 사람들이 많이 모여 있었다. 대부분 관광객이었다. 미령은 인민영웅기념비로 걸어갔다. 그리고 계단을 올라간 다음 윗부분에 앉았다. 공허함이 몰려왔다. 그리고 느꼈다.

‘광장이 정말 넓긴 하구나.’

‘그날 학생과 시위대는 얼마나 많이 죽었을까?’

스스로에게 물었다.

‘이 광장에 사람이 꽉 찼으니 말이야.’

그러다 앉아서 고개를 숙였다. 시간을 보았다. 8월 8일 저녁 8시였다.

‘이제 내가 8분 있다가 고개를 들면 지유가 앞에 와 있으면 좋겠다.’는 생각뿐이었다. 시간을 맞춰 두었다. 드디어 8분이 지났다.

“띠디, 띠디, 띠디, 띠디.”

그래도 고개를 들지 못했다.

‘지유가 늦을 수도 있잖아.’

'1분만 참자.'

그리고 8시 9분이 되었다.

'지유가 늦을 수도 있잖아.'

그렇게 저녁 9시까지 시간이 흘렀다.

미령은 9시까지 고개를 숙이고 있었다.

"왜, 내 이름을 부르는 사람이 없지?"라고 말하는데, 갑자기 공포심이 몰려왔다. 숨이 쉬어지지 않았다. 그렇게 잠시 있다가 숨이 쉬어지는 걸 느끼고 고개를 들었다. 저녁노을이 보였다. 그런데 아름다운 저녁 노을이 핏빛으로 보였다. 자리에서 일어난 미령은 인민영웅기념비를 계속 돌았다. 다른 모퉁이에서는 지유가 미령을 볼 수 없기 때문이다. 계속 돌았다. 혹시나 지유도 돌고 있을까 봐서, 돌다가도 뒤를 돌아봤다. 그렇게 시간이 흘러갔다. 자정이 되었다. 미령은 자리에 풀썩 주저앉았다. 그리고 누워 보았다. 그리고 바닥에 귀를 대어 보았다. 지유의 목소리는 들리지 않았다. 그렇게 미령의 슬픔은 그날도 이어졌다.

천안문

2장
희망

1.
눈망울

그렇게 아무런 변화 없이 미령은 다시 중경으로 돌아왔다. 미령을 본 애령은 안도의 한숨을 쉬었다. 언니가 사라졌을 것만 같았기 때문이다. 미령은 생각했다.

'모든 사람들이 나 때문에 힘들어하는 거 같아.'

'지유가 혹시 올 수도 있으니까,'

'나도 버텨야 해.'

긍정적으로 그렇게 한번 생각해 보았다. 그리고 가족에게 산책하러 간다고 얘기하고, 혼자 집 밖으로 나왔다. 행선지는 집 근처에 있는 금산공원이었다. 그리고 산책하던 중에, 지나가는 꼬마를 보았다. 꼬마도 미령을 쳐다보았다. 눈빛이 맑았다. 아이의 눈빛에서 코발트 색채의 푸른 하늘을 보았다. 희망이었다. 순간 어두움이 몰려가는 것 같았다. 갑자기 숨 쉬는 것이 편안하다는 걸 느꼈다. 그리고 자세히 아이의 눈을 보았다. 하지만 지유는 보이지 않았다.

조금은 기뻤다. 하늘이 하늘로 보였다.

천안문

'사람들은 어렸을 때 다들 자신만의 꿈이 있는데….'

나도 곰곰이 생각해 보았다.

'원래는 학교 선생님이 되고 싶었어.'

'맞아, 왠지 아이들을 바라보면 나를 치유해 줄 것 같은 생각이 들었다.'

'그래 사범대학에 다시 들어가자.'

'그리고 이제 조금 움직이자.'

'내일이 좋을 수도 있잖아.'

그러면서 또 다른 생각이 들어왔다.

'사실 내일은 없을 수도 있잖아.'

그래도 나 때문에 주위 사람들이 힘들어하는 걸, 더이상 지켜볼 수가 없었다. 아무튼 중경을 떠나자. 북경은 다시 가기 싫어. 그래도 북경에서 멀리 떨어지기는 싫어. 그럼 어디로 가지? 천진으로 갈까? 천진에 사범대학이 있을까? 그렇게 생각은 이어졌다. 생각이 이어지니 미령은 우울함에서 조금 벗어날 수 있었다. 입시 학원에 가서 알아 보았다.

'천진에 다닐만한 대학이 있는지?'

천진 사범대학이 있었다. 곧바로 천진 사범대에 연락했다. 그리고 북경대학을 다니다가 전학할 수 있는지 물어보았다. 다행히 별문제가 없었다. 중경을 떠나기 전에, 미령은 어렸을 때 애령과 시간을 자주 보냈던 관음교(观音桥)라는 번화가에 애령과 함께 가 보았다. 그리고 관음교도 한번 건너봤다. 자주 온 장소지만 이전까지는 한 번도 그런 생각은 못 해봤었다. 그러나 관음교에 자기 얼굴은 비치지 않았다. 여전히 미래를 알 수가 없었다. 마음 한구석에 불안함을 느끼며 젊은이들의 거리인 북창(北伈)에 갔다. 그곳에서 우연히 작은 카페에 들어갔다. 카페 이름은 우주(宇宙)였다. 그리고 애령과 같이 홍차를 마셨다. 창문으로 밖을 보니, 6층 주공 아파트 외벽에 대걸레 자루가 걸려 있었다. 황당하기도 했지만 생뚱맞았다.

"저러다가 태풍이 와서 대걸레 자루가 떨어지면 어떻게?"

"량반(凉拌)이지"

'복걸복'이라는 뜻이다.

"여전히 우리나라 사람들은 미개해. 다른 사람에 대한 배려가 없으니."

그리고 카페에서 나와서 '앵화두'(櫻花度)라는 훠궈 식당에 갔다. 훠궈는 중경 사람들의 소울 음식이다. 그날 애령이와 시간을 보내고 있었다.

"미령 언니, 중경훠궈는 너무 좋은 거 같아. 산초라는 향신료와 빨간 고추가 만나서 끓이면 끓일수록 우리에게 마취 감을 주잖아. 먹고 나면 살짝 혓바닥이 저린 게 정말 맵고 얼얼해, 결국은 3일 안에 또 찾게 되지. 왜냐하면 마라(麻辣) 맛 때문에, 그 맛이 입에서 떠나질 않아."

애령이 얘기를 들으니, 미령은 지유 생각이 났다. 지유는 내 마음 속에서 떠나보내고 싶지 않았기 때문이다. 그렇게 중경에서 며칠을 더 보낸 다음, 미령은 짐을 싸기 위해서 다시 북경으로 올라왔다.

북경역에 도착했다. 정확히 해가 중천에 뜬 느낌이었다. 시야에 보이는 모든 것이 기계 부품 같았다. 지나가는 사람들도 하나의 부속품처럼 느껴졌다. 무엇을 위해 사는지, 삶의 의미란 무엇인지, 중요하지 않았다. 오직 돈이었다. 모두 돈에 환장했다. 눈을 보면 돈이라고 쓰여 있는 것만 같았다.

천안문

‘그래도 북경에 있는 어떤 사람들은 나처럼 슬픔에 싸여있겠지.’라는 생각이 들었다. 북경은 외지인들로 넘쳐났다. 사실 나도 외지인이다. 지유도 외지인이다. 그런데 북경이라는 곳에서 슬픔만 얻었다. 20대가 감당할 수 없는 슬픔이었다.

‘누가 과연 20대를 보호해 줄 수 있을까?’

스스로에게 얘기했다. 미령은 갑자기 방 선생님이 다시 생각났다. ‘순간’이라는 식당에 다시 가 보았다. 여전히 ‘전양(转让:양도)라고 쓰어 있었다. 그리고 선생님 댁에 찾아가 보았다. 노크했다.

“혹시 방 선생님 안 계세요?”

대문에는 공산당원 마크가 붙어있었다.

‘공산당은 나의 신앙’이라고 쓰어 있었다. 험상궂게 생긴 아줌마가 나왔다. 갑자기 뜬금없이 “너도 끌려가고 싶어?”라고 말했다. 미령은 순간 겁이 났다.

“아니요. 저 끌려가고 싶지 않아요.”

“안부가 궁금해서 여쭤보는 거예요.”

“그냥 가던 길 가게나, 인생 꼬이고 싶지 않으면.”

아줌마는 목소리를 저음으로 깔고 얘기했다. 미령은 아무런 대꾸도 못 했다.

‘이게 우리들이야. 이게 현실이라고, 우린 세뇌당했어. 강한 자가 약한 자를 괴롭혀도 된다고, 도대체 어떻게 된 거야.’

미령은 한탄하면서 기숙사로 돌아왔다. 그리고 몇 명 친구들에게 얘기해 두었다.

'혹시 지유가 오면, 미령은 천진 사범대로 전학 갔다.'고

그렇게 얘기하고, 빨리 짐을 쌌다. 공산당 아줌마가 따라올 것만 같았다. 무서웠다. 북경을 갑자기 떠나고 싶었다. 북경역에 도착해서 천진행 기차에 올랐다. 그랬더니 마음이 멍했다. 그냥 백지장 같았다. 창밖을 잠시 보았지만, 다시 눈을 감았다. 지유와의 추억이 생각났기 때문이다. 그렇게 북경을 떠났다.

천안문

2.
입학식

아무런 감홍이 없었다. 두 번째 대학 입학식이었기 때문이다. 문뜩 이런 생각이 들었다.

'대학 4년 동안 잘 버틸 수 있을까?'

걱정이 앞섰다. 천진 사범대학교도 훌륭한 인재들이 입학하는 학교였다. 거기에다가 캠퍼스도 무척 아름다웠다. 물론 북경대학만큼은 아니었다.

입학식보다 일주일 먼저 천진에 도착했다. 우연히 학교 식당에서 식판을 들고 줄을 서 있다가 친구가 생겼다. 중경이 고향인 친구였다. 이름은 '슈만'이었다. 키가 크고 통통했다. 얼굴도 너무 예쁘고 귀엽게 생겼다. 단짝이 될 것만 같았다. 게다가 전공도 같았다. 그렇게 우리는 입학식에서 다시 만났다.

미령은 새로운 친구와 도서관에도 같이 가 보았다. 도서관은 정말 컸다. 지유와 북경대 도서관에서 같이 공부하던 것이 생각났다. 애써 웃으려고 했지만, '눈물이 핑' 떨어졌다. 다행히 슈만은 미령의 눈물을 못 보았다.

　도서관에는 이미 공부하는 학생들로 넘쳐났다. 교사 자격증을 위해 공부하는 선배들도 보였다. 미령은 초등학교 교사가 되고 싶었다. 아무런 걱정 없는 초등학생 1학년을 보면 모든 나쁜 생각이 사라질 것으로 생각했다. 캠퍼스 생활이 시작되었다. 슈만과 함께 미령은 기타 서클에 들었다. 슈만의 기타 실력은 이미 출중했다. 슈만과 많은 대화를 나눴다. 슈만의 집은 중경(重庆) 위북구(渝北区)에 있는 란지아바(冉家坝)였다. 아버지는 사업을 하셨고 동생은 초등학생이었다. 미령과 슈만은 미주알고주알 서로에 대한 얘기를 이어갔다.

　"슈만아, 천진 어때?"

　"나는 천진 마음에 들어. 왜냐하면 바다가 보이니까. 나는 바다가 좋아. 물론 중경도 양자강(揚子江)과 가령강(嘉陵江)이 있지만, 바다 같은 뻥 뚫린 느낌은 없어. 그런데 천진은 공기가 너무 안 좋아. 중경이 공기질은 조금 나은 거 같아. 난 기관지가 그렇게 좋은 편이 아니거든."

　"혹시 천진에서 특별히 느껴지는 게 있어?"

　슈만에게 물었다.

　"천진은 북경과 가깝지. 북경은 중국의 수도잖아. 난 북경에 너무 가 보고 싶거든."

　"그렇구나."

　"근데 미령아, 얼굴이 갑자기 왜 안 좋아 보여?"

　"아니야, 괜찮아. 난 북경에서 아직 기다리는 사람이 있거든."

　그리고 북경에서 있었던 얘기는 하지 않았다.

　"사연이 재미있네."

천안문

슈만이 화답했다.

"우리 점심 먹으러 가자."

"그래 좋아."

"천진 사범대는 정말 밥이 맛있는 거 같아. 북경대에 비해서 식당도 정말 많아. 그리고 주위에 작은 상점도 많고, 밤에 출출하면 요깃거리 할 게 정말 많은 거 같아. 그럼 우리 점심 뭐 먹을까?"

"우리 마라탕 먹으러 가자."

"마라탕 그거 좋지. 그리고 우리 다음에는 훠궈 먹으러 가자. 훠궈는 중경의 소울 푸드지. 다행히 주위에 청두 친구들은 없지. 우리 맨날 옥신각신하잖아. 청두가 좋네, 중경이 좋네. 훠궈의 고향은 청두네, 정통은 중경이야, 하면서 맨날 싸우잖아."

그러면서 서로 깔깔대고 웃었다. 아무튼 우리 둘 다 고향이 중경이라서 다행이었다.

"중경 사람은 좀 특이한 게 있어. 사고방식이 굉장히 자유로운 거 같아."

슈만이 말했다.

"맞아, 중경이야 말로 국민당의 두 번째 수도지. 공산당의 국주가 茅台(마오타이)라면, 우리에게는 汾酒(편주)가 있잖아."

"중화민국의 국주(国酒) 말하는 거야. 汾酒(편주)는 산시(山西)성 아니야."

그러면서 서로 얼굴을 보며 다시 한번 빵 터졌다.

"어쨌거나 중경 정말 매력적인 도시야, 그 매력에 빠지면 못 나오는 도시인 건 확실해."

그렇게 이야기를 주고받으며 마라탕을 파는 식당에 도착했다.

3.
마리아와의 만남

대학 생활이 정말 쏜살같이 흘렀다. 사범 대학교라서 실습 수업이 많기 때문이었다. 이론과 실습의 연속이었다. 한 선생님이 모든 과목을 가르칠 수 있어야 하니 정말 머리가 부족할 지경이었다. 그래도 스스로에게 대견함을 느꼈다. 미령은 3년간 버텨냈다는 게 스스로 장하다고 느껴졌다.

그래도 매년 8월 8일, 미령은 북경에 갔었다. 결과는 언제나 마찬가지였다. 매년 여름, 그 시간을 보내는 건 힘들었다. 그래도 다시 만날 수 있다면, 평생이라도 그렇게 하고 싶었다. 머리가 흰머리로 가득 차도 난 지유를 기다릴 수 있을 거 같았다.

그리고 우연히 2학년 때 미령에게 하나님을 믿는 친구가 생겼다. 이름이 마리아였다. 마리아는 할머니가 기독교 신자였다. 가족 중에 크리스천은 본인밖에 없었다. 그 친구를 만나면 슈만에게 채워지지 않는 부분이 있었다. 사고방식이 특이했다. 물론 슈만도 좋은 친구였다. 그러나 마리아는 미령에게 평안을 주었다. 그 친구를 보는 것만으로도 평안이 느껴질 정도였다. 같이 있으면 호흡 자체가 다르게 느껴졌다.

심지어 그런 친구가 자신의 친구라는 게 신기하게 느껴질 정도였다. 마리아는 정말 매력 그 자체였다.

게다가 공부도 잘했고, 다방면에 박식했다. 가끔씩 마리아에게 "넌 도대체 모르는 게 뭐야?"라고 물을 정도였다. 그 친구의 고향은 천진이었다. 시간이 지나서 알게 되었다. 마리아 남자 친구가 호요방이었다. 그 애기를 들었을 때 가슴이 철컥 내려앉았다.

'호요방은 왜 그때 여자 친구 존재를 애기하지 않았던 거야?'

미령하고 호요방은 그 당시 별로 애기를 안 했다. 호요방도 고향은 천진이었다. 마리아에게 들었는데 사귄 지 100일째 되는 날 호요방이 죽었다고 했다. 그래도 시체는 찾았다고 애기했다. 대학 졸업하면 마리아는 중국을 떠날 생각이었다. 영어 공부를 열심히 했다.

"그럼, 너도 북경대 학생이었어?"

미령이 물었다.

"맞아, 나도 북경대 학생이었어. 법과대학 학생이었어."

마리아는 대답했다.

"그 일이 있고 나서 북경에는 더 이상 못 있겠더라. 그래서 고향으로 내려왔어. 전공을 영어영문학과로 바꿨어."

아무 애기도 하지 않은 채 마리아를 안아줬다. 그러면서 본인도 위로가 되었다. 한편으로는 마리아가 부러웠다. 호요방의 생사를 마리아는 알고 있기 때문이다.

'그런데 나는….'

'그래도 아직 나에게는 희망이 있잖아.'

‘지유는 살아 있을 거야.’

스스로에게 얘기하면서 마음 한편으로는 걱정이 되었다. 그리고 입술을 꼭 깨물었다.

‘흔들리지 말자.’

‘앞만 보고 가자.’

“마리아, 넌 졸업하고 어떻게 할 거야?”

마리아는 대답했다.

“난 영국으로 갈 거야. 그리고 그곳에서 조용히 지내고 싶어.”

“무슨 소리야! 우리 아직 나이도 어린데 조용하게 살다니.”

미령이 대꾸했다.

“난 자신 없어, 호요방이 내 마음을 다 가져갔어. 그래서 학위 마치면 정말 평범하게 소설 쓰면서 조용히 지낼 거야.”

“그럼 가고 싶은 대학은 정했어?”

“정했어, 나 케임브리지 대학교로 정했어. 이미 학교장 추천서로 입학 허가서도 받았어.”

“그렇구나, 축하해.”

미령은 마리아가 솔직히 부러웠다.

‘모든 계획이 정해져 있는 마리아가.’

그리고 마리아는 자기가 보던 성경책을 미령에게 주었다. 속으로 생각했다.

‘자기가 아끼던 책 주는 게 쉽지는 않았을 텐데,’

그렇게 3학년은 흘러갔다.

4.
졸업식

모든 것에 감사했다.

'이렇게 대학 생활 4년을 마쳤다는 것에…'

슈만과 나는 학생 때 교사 자격 시험에도 붙었다. 슈만은 정말 공부를 열심히 했다. 사실 나는 운 좋게 붙었다. 시험에 붙고 나서 미령은 북경에 있는 북경대 부속 실험 초등학교에 지원했다. 왜 북경으로 지원했는지 이유를 모르겠다. 단지 북경으로 돌아가야만 할 것 같았다. 우리 셋은 모두 가까운 장래에 어디로 갈지 결정되었다.

슈만은 천진을 좋아했다. 그래서 천진에 있는 천진 초등학교에 응시했는데, 합격했다. 마리아는 예상대로 유학길을 앞두고 있었다. 슈만과 나는 마리아를 저녁 식사에 초대했다. 우리는 다 같이 훠궈(火锅)를 먹기로 했다. 마리아는 매운 음식을 잘 먹지 못했다. 슈만과 나는 마리아에게 중경 여자는 맵다고 얘기하면서 껄껄대고 웃었다. 마리아도 같이 웃었다. 사랑스러운 시간이었다.

식사하면서 마리아는 유물론에 대해서 얘기했다. 근본적인 문제가 유물론(唯物論)에서 시작되었다고 했다. 마리아는 만물의 근원을 물질로 보고, 모든 정신 현상도 물질의 작용이나 또는 그 부산물로 여기는 유물론이 문제의 시작이라고 재차 강조했다. 근현대사의 중국은 유물론이 토대가 되어서 자본론과 겹쳤다고 얘기했다. 특히 칼 마르크스의 자본론은 너무나 모순이 있다고 지적했다. 생산 요소 중에 인간의 노동만이 변인 통제가 가능하다는 부분이었다. 그런 이유로 자본가를 악마로 그렸다고 얘기했다. 자본가에게 모든 생산 요소는 변화무쌍한 변수라고 얘기했다. 부분적인 문제를 전체 그림으로 가정해서는 절대 올바른 판단을 할 수 없다고 했다. 칼 마르크스가 자본론만 안 썼어도 세상은 이렇지 않았을 거라고 얘기했다.

사실 너무 어려웠다. 예전에 지유와 강생이 언쟁하던 모습이 그 주제 때문이었다. 마리아는 자본론을 저술한 칼 마르크스의 아버지가 목사라고 얘기했다. 그러면서 당부했다.

"아이들에게 모순을 가르치지 말아달라."고.

미령은 속으로 생각했다.

'무슨 모순을 가르치지 말라는 거야.'

마리아는 이어갔다.

"사실 우리는 어렸을 때부터 적자생존에 세뇌당하잖아. 그런데 우리나라 국가 체계는 사회주의야. 안 이상해? 궁극적으로는 공산주의의 실현을 외치지."

그러면서 웃었다. 슈만은 얘기했다.

"그래도 우리나라가 언젠가는 공산주의를 완성하지 않을까."

천안문

그 얘기에 미령은 웃음이 빵 터졌다. 방 선생님이 생각났기 때문이다. '잘 계실까?' 그러면서 말했다.

"우리가 생각하는 세계관과 국가가 추구하는 방향이 달라서 행동하면 사실 우린 파리 목숨이야. 한순간이지. 아무튼 그렇게 주입받은 우리가 불쌍해. 그러한 테두리 안에서 우리는 벗어나지 못하잖아." 그리고 마리아는 '천국'에 대해서도 얘기했다.

"이미 다 끝났다고, 그냥 우리 인생은 공짜라고."

슈만과 미령은 마리아의 얘기에 어리둥절했다.

"아무튼 너희 둘을 위해서 기도 많이 할게. 언젠가 기회가 되면 꼭 받아들여. 사실 조물주가 너희를 받아들인 거야. 그러면서 사유(思維)해야 해. 생각은 사실 사탄이야. 생각에 대한 영역은 이미 점령당했다고. 꼭 조물주를 사유해야 해."

슈만과 나는 무슨 말인지 도무지 알아들을 수가 없었다. 그래도 마리아가 우리를 위해서 기도해 주는 게 기뻤다. 마리아는 정말 믿음이 가는 친구였다. '계속 같이 있으면 좋겠는데.' 그런 생각이 계속 맴돌았다. 결론은 '그것도 내 욕심이지.' 라는 생각으로 마무리되었다.

슈만은 "우리 헤어지기 전에 맥주한잔 할까?"라고 얘기했다. 미령은 대꾸했다. "난 백주가 좋은데." 모두 껄껄대고 웃었다. 슈만이 덧붙였다. "난 마신 적 있거든, 기분 좋더라." 미령도 화답했다. "나도 좋아." 마리아도 대답했다. "친구가 원한다면, 난 뭐든지 할 수 있지." 마리아는 정말 멋진 친구였다. 친구를 위해서 정말 뭐든 할 수 있을 것처럼 느껴졌다.

미령은 그런 마리아의 모습을 보면서 흐뭇했다. 그렇게 우리는 천진 맥주를 시켰고, 잔에 한 잔씩 따랐다.

"우리 우정을 위하여!"

슈만이 원샷을 외쳤다. 분위기가 어색했다. 사실 미령도 맥주를 마신 적은 없었다. 친구들이 맥주를 마시는 것만 봐왔다. 슈만의 제안에 미령이도 원샷했다. 오늘은 마치 지유가 옆에 있는 것처럼 느껴졌기 때문이다. 마리아도 처음에 입술만 댔지만, 도저히 분위기를 깰 수 없다는 것을 알고 있었다.

"우리의 우정을 위하여!"

"고맙다, 친구들아!"

천안문

5.
양국에서

서울 시내에 난리가 났다. 아시아에서 처음으로 열리는 2002년 한 · 일 월드컵 축구대회였다. 도시는 온통 붉은 악마 물결이었다. 신체적으로 훨씬 월등한 아주리 군단을 이길 것이라고는 상상도 못 했는데, 종료 몇 분도 안 남긴 상태에서 안정환 선수의 헤딩슛은 정말 극적이었다. 온 국민은 한국이 이겼다는 것을 믿을 수 없었다. 외신들도 소식을 알리기 위해서 바쁘게 움직였다. 한국이 이기고 나서 호프집 사장님들도 그날 손님들에게 술을 공짜로 제공했다. 모두 취해 있었다. 승리를 만끽하기 위해서 사람들은 길거리로 나왔다. 그리고 버스 위에도 올라갔다. 다 같이 구호를 외쳤다.

"짜잔짜짠짠!"

대한민국은 마치 파시스트 인물이 새롭게 나온 것처럼 흥분했다. 이렇게 승리에 흠뻑 젖은 시기에 서해에는 교전이 있었다. 그 당시 정부는 교전이 중요하지 않았다. 그냥 국민들의 시선이 다른 쪽으로 쏠리기만 바랐다. 국가의 빗장이 하나둘씩 풀려나갔다. 대중들은 축구만 생각했고, 월드컵 우승도 가능하다는 분위기였다. 히딩크 감독은 이미 영웅이었다. 너무나 한국 사람들에게 사랑받았다. 인성도 최고였다. 그는 단순히 생각했다. 협회의 입김을 그냥 틀어막고 실력만으로 선수를 차출했다. 그렇게 온 나라가 떠들썩할 때, 원탁이는 자동차 영업 사원으로 사회에 첫발을 내디뎠다. 최고의 하루였다. 사수들도 축구만 생각했기 때문이다. 아무런 걸림돌이 없었다. 모두들 하나였다. 게다가 경제도 좋았다. 첫날부터 술잔치였다. 그렇게 하루를 마무리하고 집으로 돌아가는 중이었다. 기분이 너무 좋았다. 그리고 여자 친구에게 전화했다.

"나 오늘 첫 출근했는데, 너무 좋았어. 사람들이 나한테 너무 편하게 해주더라고. 이렇게 되면 이 직장에 뼈를 묻을 수 있을 거 같아."

그 이후로 원탁이의 직장 생활은 순탄했다. 특별한 걸림돌이 없었다. 차를 사려고 오는 손님들에게 최선을 다하고, 고장으로 오시는 고객에게는 불만사항을 잘 들어주었다. 그리고 고객을 위하여 곧바로 조치를 취했다. 정말 최선을 다했다. 입사하자마자, 3달 만에 최고 우수 사원으로 뽑혔다. 그리고 연말에는 그해 신입사원 중에서 가장 우수하다는 최고 우수 신입사원 상도 받았다.

그런데 이상하게 공허했다. 이 일만 평생 하기는 좀 아쉬웠다. 여자 친구 세영이와 결혼하고 싶었다. 돈을 모아야 했다. 악착같이 돈을 모았다. 그리고 2005년에는 잔고를 보니 오천만 원이나 되었다. 사당동에 조그마한 방 두 개짜리 월세 집을 구할 수 있었다. 그래서 결혼하자고 세영에게 얘기했다. 세영이도 흔쾌히 동의했다. 그리고 일주일 만에 상견례를 마친 다음, 곧바로 양가집에 결혼 애기가 오고 갔다. 바로 결혼 날을 잡았다. 광복절이었다. 결혼식은 조촐했다. 결혼식이 끝나고 유럽으로 신혼여행을 떠났다. 그런데 스위스에서 100년 만에 홍수가 터졌다. 결국 인터라켄을 보지 못했다. 철도가 운행되지 않았기 때문이었다. 아쉬운 신혼여행을 뒤로 하고 한국으로 돌아왔다. 그리고 평범한 일상은 다시 시작되었다.

그 당시 미령은 이미 초등학교 선생님 경력이 10년이 되어갔다. 그리고 예전 친구들이 연락되었다. '8인방'이었다. 천안문 사건으로 희생된 친구들을 기념하기 위해서, 북경에 있는 친구들이 다 같이 만나자고 강생이 제안했다. 강생은 공무원이 되고 나서 승승장구했다. 당연했다. 오직 결과만 생각하기 때문이다. 미령, 강청, 강생, 요문원, 왕홍문 다섯 명이 모였다. 사실 강청이 그 자리에 왜 나왔는지 미령은 이해가 되지 않았다. 우리 다섯 명은 요리를 먹으며 서로의 근황에 관해서 얘기했다.

미령은 나오기 싫은 자리였다. 옛정을 생각해서 나왔다. 네 명 모두 공무원이 되었다. 그리고 다른 친구들은 강생에게 잘 보이려고 나왔다. 강생은 조우용캉의 심복이었다. 그렇게 식사는 이어졌고 모두들 술에 많이 취했다. 강청은 강생을 유혹하려 했다. 그러나 강생은 강청을 자기와 똑같은 부류라고 생각했다. 속으로 싫어했다. 그러면서 미령을 향해서는 호감을 계속 표시했다. 식사 자리가 끝나고 미령에게 같은 방향이라고 애기했다. 미령은 그냥 혼자 갈 수 있다고 애기했다. 그런데 기사가 있으니까, 자기가 꼭 데려다주고 싶다고 했다. 운전기사 이름

2장 희망

은 왕후닝이었다. 미령은 너무 거절하는 것도 예의가 아니란 생각이 들었다. 그래서 "알았다."고 대답했다. 강생은 이미 차에 음료수를 준비했다. 약을 탄 음류수였다. 그리고 '술 깨는 약'이라고 차에서 마시라고 줬다. 미령은 대학친구니까 그런 짓을 할 거라고 의심할 수가 없었다. 차에서 운전기사가 강생을 향해 뒤돌아보고, 강생을 쳐다보며 윙크를 했다. 강생은 후닝을 보며 생각했다. '관상은 과학이라고.'

강생은 자기 숙소로 데려가서 미령에게 몹쓸 짓을 했다. 그러면서 내가 너를 책임지겠다고 메모를 남겼다. 그리고 미령은 다음날 집으로 돌아왔다. 하늘이 노랗고 세상이 흔들릴 정도로 충격을 받았다. 경찰에 신고해도 소용이 없었다. 이미 권력은 그들의 하수인이었기 때문이었다. 그는 미령에게 돈을 보냈다. 미령은 다시 돌려보냈다. 너무 수치스러웠다. 미령은 눈물만 났다. 그리고 하루하루 술에 의지했다. 미령은 무너져 갔다. 다음 달에 월경이 없었다. 미령은 더욱 초조해져 갔다. 그 다음 달에도 없었다. 셋째 달에 미령은 애를 지우려고 했다. 그런데 수술하기로 한 의사가 사라졌다.

8월 8일이 다가왔다. 미령은 심적으로도 너무나 힘들었다. 그래도 미령은 인민영웅기념비로 그날 저녁에 출발했다. 매년 그렇듯 5시간 동안 고개를 숙이고 가만히 앉아 있었다. 그런데 무슨 소리가 들렸다. 지나가는 사람이었다. 그러더니 미령이 옆에 앉았다.

그 아줌마는 미령에게 "결혼했냐?"고 물었다. 미령은 아무 대답도 하지 않았다. 그리고 옆에 앉은 사람은 "다 압니다."라고 얘기했다. "그때도 어떤 학생이 여기를 계속 돌았다."고 얘기했다. 미령은 심장이 멎을

천안문

것 같았다. "5시간을 계속 돌았지." 그리고 얘기했다. "너무 고민하지 말라고, 순리대로 하라."고 했다. 미령은 대답했다. "이건 순리가 아니잖아요." 아주머니는 대답했다. "조물주는 모든 게 뜻이 있어, 피하지 마세요. 결국은 그 친구가 세상을 변화시킬 거예요. 몸에 있는 아이는 지유의 아기에요. 믿지 못하겠지만…" 아줌마는 미령에게 그렇게 얘기하고 사라졌다. 그리고 미령은 눈을 떴다. 고개를 들었다. 아무도 없었다. 그 아줌마가 꼈던 팔찌만 눈에 보였다. 미령은 혼란스러웠다. 너무나 혼란스러워서 그날 밤 한숨도 자지 못했다. 그리고 아주머니에게 팔찌를 되돌려 줄 수가 없어서 챙겨왔다. 그리고 손목에 껴보았다. 아무 느낌도 없었다.

6.
애령의 도움

애령이 북경으로 왔다. 애령에게 그동안 있었던 모든 얘기를 했다. 애령은 눈물을 글썽이기 시작했다.

"언니 너무 힘들었지. 난 언니 말 믿어. 그러니까 아무 생각 하지 마. 우리 걱정하지 말자. 그냥 앞으로 쭉 나아가자. 모든 게 제자리로 돌아갈 거야. 나도 모든 걸 내려놨어. 언니 학교에는 언제 얘기할거야. 출산 휴가를 빨리 쓰는 게 나을 거 같아. 언니도 마음 단단히 먹어. 우리가 안 가본 길이잖아. 그리고 사실 미혼모가 중국에서 애를 키우는 것도 아직은 사회적으로 받아들이는 게 쉽지 않은 거고. 언니 내가 무슨 말 하는지 알지?"

미령은 대답했다.

"그래 알지. 너밖에 없다. 그럼 알겠으니까 내 걱정하지 말고, 너도 일상으로 돌아가. 우리 모든 일을 받아들이자."

하루하루가 미령에게 새로웠다. 조금씩 감정을 추스르려 했다. 긍정적인 생각만 하려고 했다. 강생은 나타나지 않았다. 그런 나쁜 놈은 생

천안문

각조차도 하지 않으려고 노력했다. 조금씩 마음이 잡혀갔다. 클래식 음악을 들으려고 했지만 Beyond 음악을 듣는 게 좋았다. 우울한 음악을 듣지 않으려고 했지만, 그래도 Beyond 그룹은 나에게 특별했다. 특히 '冷雨夜'(랭우야)라는 곡은 들을수록 좋았다. 내 마음과 너무나 동일시되었다. 그러나 시간이 지나도 지유에 대한 애절함은 지워지지 않았다. 그래서 내 뱃속에 있는 아기가 지유의 자식이라고 생각하고 지내기로 했다. 너무나 모순된 얘기이다. 그래도 받아들이기로 했다.

여섯째 달에 들어서자, 임신한 태가 났다. 워낙에 날씬했기 때문에, 사람들은 그전까지 내가 살이 찐 줄 알았다. 그렇게 하루하루가 계속 지나갔다. 그래도 Beyond 음악은 내게 힘을 주었다. 특히 光辉岁月(광휘세월)이라는 곡은 내 마음을 기쁘게까지 해 주었다. 이름도 이미 지었다. 장학량(張学良)이다. 이제는 내 인생에 학량이 나오면 또 다른 장이 펼쳐지겠지. 그리고 아침마다 海阔天空(해활천공)을 매일 들었다. 그 곡은 나에게 희망을 주었다. '난 겁나지 않아.' 매일 아침 나 자신에게 담담하게 얘기했다. 그리고 영국에 간 마리아가 알려준 주기도문으로 밤마다 기도하고 잠에 들었다.

드디어 마지막 달이었다. 마지막 검사를 앞두고 있었다. 겁이 났다. 선생님은 물어봤다.

"아빠가 혈액형이 어떻게 되나요?"

"B형입니다."

"엄마는요?"

"O형입니다."

아기가 건강하니 걱정하지 말라고 했다. 이제 거의 끝나 간다고 했다. 원래는 1월 초가 예정 날짜였다. 그런데 12월 23일 자정 즈음에 뭔가 이상함을 느꼈다. 자정에 택시를 불렀다. 그 전날 북경에는 눈이 많이 왔기 때문에, 택시가 집 앞에 늦게 올 거로 생각했는데 생각보다 일찍 도착했다. 노면 상황이 많이 안 좋았지만, 다행히 병원까지 가는 데 시간이 그렇게 많이 걸리지 않았다. 병원에 도착하니 진통이 더 심하게 왔다. 병원에 당직 의사분이 있어서 다행이었다. 그렇게 긴장되지는 않았다. 산부인과 주치의도 곧 도착했다. 배가 많이 아팠지만 지유가 너무 생각났다. 특히 북경대 수탑에서 지유를 기다렸던 생각이 났다. 그러나 그 정도로 힘든 아픔은 미령의 인생에서 더이상 존재할 수 없다는 것도 미령은 알고 있었다. 그렇게 진통은 더욱 심해졌다. 선생님이 잘 이끌어 주셨다. 그렇게 아이는 세상에 나왔다. 또 다른 세계에 진입하는 것 같았다. 아이는 건강했다. 그리고 선생님은 아이가 태어난 시간이 12월 24일 새벽 4시 44분이라고 말씀해 주셨다.

모든 게 순조로웠다. 혈액형 검사를 했는데 A형이었다. 미령은 도리어 기분이 좋았다. 지유가 A형이었다. 이제는 있을 수 없는 일이 생길 때 기분이 좋을 수도 있다는 것에 감사했다. 병원에 이틀간 입원했고 퇴원했다.

애령도 북경으로 다시 왔다. 사실 그 당시 애령은 슬픔에 잠겨 있었다. 지유와 사귈 때 강생이 소개해 준 남자와 결혼했었다. 역시 유유상종이었다. 애령에게 사랑하는 사람이 생겼다고 이혼을 요구했다. 애령은 개의치 않았다. 중경 여자의 멋스러움이라고 할까? 애령은 말 그

천안문

대로 쿨했다. 그에게 받은 모든 결혼 패물과 집도 모두 다 돌려주었다. 남자는 의외로 당황하였다. 보통 중국 여자들하고 달랐기 때문이다. 그런 힘든 상황에서도 북경으로 올라와 주었다. 그리고 미령을 돌봐주었다.

"언니, 미안하지만, 아기가 지유 오빠하고 닮았네."

듣고 있던 미령은 기분이 좋았다.

"언니, 꼭 도장 찍어 놓은 거 같아."

듣고 나서 미령은 얘기했다.

"너 내가 황당한 얘기해 줄까? 아이 혈액형이 A형이야."

"설마!"

"그 당시 강생에게 두 번이나 확인했었어. 강생은 B형이었어."

"정말 그렇구나, 그 아주머니 얘기가 맞았네. 언니 우리에게 앞으로 왠지 좋은 일이 있을 거 같아."

"그 반대가 아니길."

그러면서 우리는 웃었다.

7.
북경 올림픽 개막식

2008년 8월 8일 중국에서 처음으로 개최하는 올림픽이었다. 모두 들떴다. 올림픽이 중국에서 개최된다는 것에 흥분 그 자체였다. 서울올림픽 이후 20년 걸렸다. 북경 사람들은 너무 기뻤다. 자국에서 올림픽이 개최된다는 사실을 믿을 수가 없었다. 이미 십여 년 전에, 북경에서 올림픽이 개최된다는 발표 직후 북경의 집값은 바로 두 배가 되었다. 그냥 황당무계했다. 집을 아직 못 산 사람들은 공황상태였다.

"이게 말이 되냐고 물으면…" "말이 된다."고 답했다.

그렇게 북경은 29회 올림픽 개최지로 결정된 이후, 거의 황당할 정도로 물가가 치솟았다. 그해 2008년 8월 8일에 태수가 태어났다. 모두 축복해 주었다. 특히 태수 아버지 원탁이는 입이 귀에 걸렸다. 너무나 자식을 기다렸기 때문이다. 그렇게 태어난 아이는 정말 건강하게 무럭무럭 자랐다.

서울올림픽과 달리 어느 나라도 중국의 스포츠 실력을 따라갈 수가 없었다. 어떤 사람은 곧 다가올 미래에 중국의 국력이 미국을 초월할

천안문

것이라고 예상했다. 중국은 못 하는 분야가 없었다. 스포츠, 군사, 문화, 예술, 교육, 모든 부분에서 일취월장했다. 흑묘백묘론이 결국은 잘 작동하는 것처럼 보였다. 그러나 중국 인민들의 마음 한구석은 허전했다.

원탁이의 직장 생활은 순탄했다. 매년 최고 우수 사원의 영예는 원탁이의 몫이었다. 그렇게 매해 돈을 모았다. 그의 눈에 올림픽이 들어왔다. 중국에 갔던 친구의 소식도 들렸다. 사업이 너무 잘 돼서 원탁이 오기를 바랐다. 원탁도 마음이 많이 흔들렸다. 중국에 가고 싶은 마음이 굴뚝같았지만, 가기 전에 준비해야 하는 게 산더미 같았다. 그리고 그해 크리스마스가 되었다. 가족들이 모였다. 그리고 발표했다. '향후 5년 이내에 중국으로 이주 하자'는 내용이었다. 세영이는 걱정이 앞섰다. 그러나 원탁이가 좋아하는 모습을 보고 동의했다. 그렇게 다 같이 가기로 결정했다.

8.
이주

드디어 2012년 3월 1일 강소성(江苏省) 소주(苏州)로 이주했다. 상해로 가기에는 부담되었다. 상해는 이주해서 살기에 물가가 너무 비쌌기 때문이다. 거기에다 친구의 사업체도 소주에 있었다. 그렇게 소주에서의 생활은 시작되었다.

원탁은 중국에 도착하기 전에 많은 걸 준비했다. 중국어도 공부했고, 주말에는 혹시나 할지도 모르는 요식업 학원도 다니고 중국의 세법도 공부했다. 2008년에 가족에게 발표한 이후로 정말 눈코 뜰 새 없이 바빴다. 모든 게 준비되었다고 생각할 즈음 중국으로 이주했다.

월세를 계약해야 했다. 정말 모든 게 낯설었다. 부동산 직원과의 소통, 그리고 각종 공과금 처리, 또 새로운 직장에서의 적응은 산 너머 산이었다. 그렇게 시간은 계속 흘러갔다.

어느덧 태수도 많이 컸다. 태수는 중국 유치원에 다니기 시작했다. 처음에는 힘들어 했지만, 곧 적응했다.

"빠페뽀포" 중국어 발음을 따라하면서, 태수는 중국어를 배우기 시작했다. 그해 가을 쯤 되니 태수가 집에서 중국어를 가장 잘 했다. 그리고 온 가족이 양청후에 털게를 먹으러 갔다. 양청후로 가는 도중에, 태수가 학교에서 중국몽(梦)에 대해서 배우고 있다고 했다.

"아빠 중국몽이 뭐야?"

태수가 물어봤다.

"아빠는 잘 모르겠는데."

그렇게 대답했다.

"태수야, 학교에서 중국몽에 대해서 어떻게 배워?"

"학교에서는 중화 민족의 위대한 부흥이라고 배워."

원탁은 웃으면서 얘기하기를 "중국몽은 집 사는 거야."

그때까지 중국에서는 부동산 광풍이 불고 있었다. 거의 25년간 그 광풍은 꺼지지 않았다. 처음 만난 사람에게도 중국사람들은 사적인 질문도 서슴지 않았다.

"당신 집 있나요?"

"몇 채 있나요?"

"어디에 있나요?"

"몇 평이에요?"

"별장은 없나요?"

그리고 물어보는 게

"당신 사업하나요?"

"직장 다니나요?"

"결혼했나요?"

"아기는 있나요?"

모든 질문이 꼭 한 세트 같았다. 30분 정도 차를 운전하니, 양청호(陽淸湖:yangchenghu) 호수 기슭에 털게를 파는 상인들이 있었다. 간이 주차장에 차를 세우고 털게를 파는 사람에게 다가갔다. 그리고 태수에게 털게를 보여주었다. 상인이 말하길 '양청후 털게가 중국에서 최고인 이유는 수질이 깨끗하고, 유기물이 풍부한 호수 바닥 때문이라'고 했다. 그리고 양청후의 호수 바닥은 단단하지 않고, 미끄러운 진흙으로 되어 있어서, 털게가 호수 바닥에서 이동하려면 활동량이 많기 때문에, 양청후 털게는 육질이 가늘고 부드럽다고 했다. 그리고 대부분 최고 품질의 양청후 털게는 북경 고위 관료들이 거의 소비한다고 했다. 그런데 문제가 생겼다. 태수는 털게를 보자마자 무서워하지 않고, 귀여워했다. 특히 양쪽 집게발에 있는 털을 뽑고 싶어 했다. 그런데 털이 잘 뽑히지 않았다. 그러더니 계속 털을 쓰다듬어 주었다. 그리고 우리들에게 근처 식당에서 양청후 털게를 사 먹을 생각 자체를 못하게 했다. 결국 암컷 수컷 각각 한 마리씩 사서 집으로 돌아왔다.

태수는 집에서 키우고 싶어 했다. 털게가 다 크면, 크기가 빌딩만 해질 거라고 생각했다. 집으로 돌아와서 욕조에 물을 받고 풀어달라고 했다. 그리고 태수는 털게에게 목욕을 시켜주었다. 그리고 한 마리씩 긴 노끈으로 묶어 달라고 했다. 그러더니 아파트 주위에 있는 잔디에 데리고 가자고 했다. 자세히 보니, 태수는 털게를 강제로 잡아당기지 않았다. 끈을 느슨하게 해 두었다가 털게가 움직이면 본인도 게걸음을 흉내 내며 따라다녔다. 그러더니 아빠를 보며 해맑게 웃었다.

천안문

한 시간 정도가 지날 무렵에,

"아빠, 나 털게 놔주고 싶어. 이 친구들도 가족들이 보고 싶을 거 아니야."

이어서 말했다.

"아빠, 이 두 마리 털게 몸에, 나하고 놀았다는 거 그림으로 표시해두고 싶어. 왠지 사람들이 그 표시를 보면, 이 두 마리 안 잡아먹을 거 같아."

"그럼, 무슨 표시를 해두지?"

"아빠, 승리의 'V' 표시 어때!"

"그래, 아빠도 좋은 생각인 거 같아. 그럼 아빠가 물에 지워지지 않는 아크릴 물감하고, 붓 가지고 올게. 잠깐만 기다려."

그리고 둘은 붓으로 양청후 털게 앞쪽 흰 배 부분에 검정색으로 'V' 표시를 그렸다. 승리의 'V' 테두리는 금색으로 그려주었다. 양청후 털게에 표시한 다음, 원탁과 태수는 양청후로 다시 돌아왔다. 인적이 드문 호수 기슭에 털게 두 마리를 놓아 주었다. 그리고 태수는 털게에게 얘기했다.

"안녕, 우리 나중에 또 만나. 언제가 될지는 모르겠지만."

돌아오는 길에 원탁은 생각했다.

'오늘 하루 태수 때문에 재미있는 경험이었지만, 정말 힘든 하루였다.'

원탁은 제조업에 종사했다. 너무나 재미없었다. 오죽했으면 대학생 때 요식업에서 아르바이트했던 생활이 그리웠다. 다음 해인 2013년도가 시작되면서 중국도 경기가 안 좋아지기 시작했다. 경제는 고꾸라지기 일보 직전이었다. 다국적 기업들도 슬슬 중국을 떠나기 시작했다.

반대로 중국의 기술 발전은 굉장히 빨랐다. 그러나 불경기를 막을 수는 없었다. 원탁이 다니는 원영기업도 조금씩 무너져갔다. 게다가 경영진의 횡령 사건도 발생했다. 내일 회사가 문 닫아도 이상하지 않았다.

그렇게 몇 달이 지나갔다. 한국 본사에서도 중국 철수 명령이 떨어졌다. 중국에 있는 회사는 자산을 처분하기 시작했다. 곧 문을 닫을 것 같았다. 퇴근해서 남편이 말이 없는 게 아내는 이상했다. 무슨 일이 있는지 궁금했다. 그날 저녁 남편은 솔직하게 얘기했다. 회사는 공중분해 되었다고 했다. 한국으로 돌아가 직장을 잡는 것도 힘든 건 마찬가지라고 했다. 그래서 예전 학생 때 아르바이트 했었던 경험을 살려 요식업에 도전해 보기로 했다. '3*S'였다. 처음 해보는 사업에 머리가 터질 지경이었다. 모든 일이 낯설었다. 그렇게 우여곡절 끝에 점포를 열었다. 대성공이었다. 직장생활해서 1년간 저축해야 벌 수 있는 돈을 두 달 만에 벌었다. 중국생활이 기뻤다.

그러다가 세영이도 운전하고 싶어 했다. 그래서 마음에 드는 차를 사주었다. 세영이도 중국 생활을 너무 좋아했다. 오자마자 '밍나'라는 영국 친구하고 친해졌다. 화교였다. 그렇게 둘은 단짝이 되었다. 아내는 단짝 친구도 생기고, 활동 반경이 더욱 넓어졌다. 그렇게 하루하루가 다채로웠다. 친구들과 상해도 놀러 가고 또한 사원에도 놀러 다녔다. 그렇게 즐겁게 지내던 중에, 집 앞 교차로에서 교통사고가 났다. 상대편 차가 도로에서 불법 유턴을 했다. 그 사고로 인해 원탁의 아내는 갑자기 세상을 떠났다. 너무 힘든 시간이었다. 원탁은 태수를 혼자 키운다는 것은 상상도 못했다. 그러나 그는 남부럽지 않은 자식으로 키우기로 다짐했다.

천안문

9.
학량의 성장

학량은 또래 아이들보다 성장 속도가 빨랐다. 그렇다고 특별히 운동을 잘하는 건 아니었지만, 지적으로 뛰어났다. 그리고 한번 얘기해 준 걸 잘 잊어먹지 않았다. 그런 부분이 신기했다. 더욱 신기했던 일은, 아이가 무슨 일이 있어도 잘 울지 않았다. '오죽했으면 울지 못하는 게 아닐까?' 그런 생각도 했다.

미령과 학량은 한 팀이었다. 둘이 있는데 셋이 있는 거 같았다. 미령은 지유가 꼭 자신을 쳐다보고 있는 거 같았다고 생각했다. 그런데 잠자는 모습을 보면 영락없는 아이였다. 아무런 문제 없이 커갔다. 그리고 유치원에 들어갈 나이가 되었다. 미령도 출산 후에 학교에 복귀해서 학생들을 잘 가르치고 있었다.

'학량이 내가 가르치는 학교에 오면 얼마나 좋을까?'

언제나 그런 생각뿐이었다. 학량이 자기가 재직하는 학교에 오면 빨간 마후라(红领巾)는 무조건 매지 않을 것이기 때문이다. 유치원에 들어가니까 조금씩 조국에 대한 세뇌 교육이 시작되었다. 집에 와서 우리

나라에 대해서 물을 때가 많았다. 미령은 솔직히 다 얘기해 주었다. 학량은 조금씩 미심쩍어 했다. 특히 현대사에 대해서 얘기해 줄 때는 꼭 공상과학영화를 보는 것처럼 미령을 쳐다보았다. 학량의 눈에는 조국이 너무 미개하게 생각되었기 때문이다. 어느덧 유치원을 졸업하게 되었다. 다행히도 미령이 다니는 학교에 입학원서를 낼 수 있었다. 교장선생님이 허락해 주셨다. 교장선생님은 미혼모가 아이를 키우는 것에 대해서 연민이 있었다. 너무나 감사한 일이었다. 미령이 근무하는 학교는 초중고가 다 같이 있는 학교였다. 다행히 미령은 학량이 커가는 것을 모두 다 볼 수 있었다.

학업성적은 뛰어났다. 학교에서도 우수 반에 들어가기를 바랐다. 그러나 미령은 그것이 싫었다. 우수반에 들어가면 당원으로 가입해야 했기 때문이다. 워낙 품행도 바른 아이였기 때문에, 지도부에 들어가야 한다고 다른 선생님도 얘기했다. 미령은 학량이 리더가 되는 게 싫었다. 리더가 되어봤자, 누리는 것만 배우기 때문이다. 그렇게 학량은 성장해 갔다.

고등학교 때에도 학업성적이 워낙 뛰어났기 때문에 북경대에 입학원서를 썼다. 물론 합격이었다. 대학에 진학하고 학량은 갑자기 흐트러졌다. 모든 게 학량에게 어색하게 느껴졌다. 엄마에게 듣던 세상과 북경 상황이 너무 달랐기 때문이었다.

그러다가 2023년 6월 3일 11시 즈음에 자전거를 타고 친구들과 천안문광장에 놀러 갔다. 그날 날씨가 너무 더웠다. 그런데 그에게 특이한 아저씨가 보였다. '3*S' 모자를 쓴 아저씨였다. 그는 핸드폰으로 촬영했

다. 그 아저씨가 떠드는 걸 도무지 이해할 수가 없었기 때문이었다. 그
렇게 촬영하다가 그 아저씨가 자살하는 걸 보고 나서 크게 충격을 받
았다. 그리고 알고 보니 한국 사람이었다. 그는 바이두에 접속해서 무
슨 상표인지 알아보았다.

그리고 학량은 천안문 사태 관련 자료를 볼 수 있었다. 알고 보니
CNN 방송국에서 그 당시 모든 상황을 실황으로 녹화했었다. 학량은
그것을 자신의 컴퓨터에 저장해 두었다. 그리고 '비밀'이라는 파일명을
만들었다. 학량은 큰 충격을 받았다. 본인이 생각하는 조국과 현대사
가 너무나 동떨어진 모습이었기 때문이다. 모든 게 이상했다. 주위 모
든 게 인위적인 것처럼 느껴졌다. 미령은 학량이 사춘기가 아닌가 싶었
다. '대학생도 사춘기를 겪나 보네.' 라고 생각했다. '여자 친구가 없어서
너무 외로워서 그럴 수도 있겠구나.' 생각했다.

10.
우연

갑자기 주말에 친구와 농구하러 간 학량이 "증명사진 파일을 핸드폰으로 전송해 달라."고 연락이 왔다. 미령은 학량의 컴퓨터를 켰다. 그리고 사진 파일을 찾아 보았다. '비밀'이라는 파일명이 있었다.

'학량도 약간은 엉뚱하니까 본인의 사진을 비밀이라는 파일명에 저장해 두었겠지.'

그렇게 생각했다. 그리고 마우스로 클릭해서 파일을 열어 보았다. 비밀번호가 설정되어 있었다.

'당연히 생년월일이겠지.'

'지금 농구하고 있으니까, 핸드폰도 안 받을 거야.'

그리고 생년월일을 눌렀다. 파일은 열렸다. 그런데 이상한 사진이 있었다. 너무 놀랐다. 천안문 사태가 온전히 비디오 파일로 학량의 컴퓨터에 저장되어 있었다. 거기에는 천안문 사태 당시, 친구들 사이에서 전설로만 전해져 내려온 '탱크맨'도 있었다. 탱크를 맨몸으로 혼자 막는 사람이었다. 그런데 '인민영웅기념비'를 확대한 비디오 클립이 있었다.

숨이 멎는 줄 알았다. '지유'였다.

'근데 지유가 저녁 7시 30분에 왜 저기에 있지?'

'북경대학 수탑(水塔)에서 나를 만나려면 최소한 천안문광장에서 6시 30분에는 떠났어야 하는데….'

뭔가 이상했다. 저녁 8시가 되어도 거기에 있었다. 미령을 기다리는 거 같았다. 저녁 8시 30분이 지나자 화면이 보이지 않았다. 날이 어두워졌기 때문이다. 그리고 밤 11시부터 총소리가 나기 시작했다. 그리고 여기저기 불이 났다. 누가 불을 붙였는지 알 수 없었다. 학생들과 시위대는 괴성을 지르기 시작했다. 밤 11시 30분부터는 기관총 소리가 들리기 시작했다. 그리고 화염 방사기도 나왔다. 차마 두 눈을 뜨고, 더 이상 볼 수가 없었다. 미령은 멍했다. 그리고 비디오 클립을 껐다. 학량의 사진 파일은 그 안에 없었다. 사진 파일은 '학교'라는 파일에 있었다. 미령은 학량에게 사진 파일을 위챗(WeChat)을 통해서 보내 주었다. 그리고 컴퓨터를 껐다. 하늘이 노랬다. 아니 하늘이 보이지 않았다. 미령은 그대로 학량이 침대에 누웠다.

'어떻게 된 거지?'

'학량이 지유인가, 아니 학량이 어떻게 이 파일을 가지고 있지?'

불가능한 일이었다. 학량은 해외에 나간 적이 한 번도 없었기 때문이다. 그리고 아는 외국인이 한 명도 없었다.

"도대체 귀신 곡할 노릇이네."

미령은 침대에 계속 누워 있었다. 그리고 조용히 생각했다. 슬프지 않았다. 지유는 끝까지 미령을 사랑했기 때문이다. '눈물이 핑' 돌았을

2장 희망

뿐이다. 그러나 이 비디오 클립 파일이 학량에게 어떻게 들어갔는지 답을 찾을 수 없었다. 저녁에 학량이 돌아왔다. 학량에게 물었다.

“너 엄마한테 숨기는 거 있지?”

들어온 학량은 대답했다.

“엄마 나 한국 가고 싶어요.”

“한국은 왜?”

“한국은 자유롭잖아요. 모든 게 혼란스러워서 여기 못 있겠어요.”

“그래, 그런데 너 컴퓨터에 있는 파일 어디서 났어?”

“근데 엄마가 그걸 어떻게 봤어요?”

“너 사진 파일 찾다가 봤지? 비밀번호는 너 생년월일이잖아? 엄마가 일부러 본 거 아니야.”

“엄마 다 얘기해 드릴게요. 며칠 전 천안문광장에서 어떤 중년 남자가 자살했어요. 그런데 그 남자가 쓴 모자가 내가 처음 보는 상표라서, 바이두에 한번 검색해 봤다가, 여기까지 왔어요.”

“그렇구나, 알겠어. 너 한국에 유학 가고 싶어 하는 건 한번 진지하게 시간을 넉넉히 두고 생각해 보자. 그리고 비밀 파일은 엄마가 다 지웠어. 왜냐하면 혹시 네가 위험에 처할까봐서 그랬어.”

사실 미령은 따로 이동식 USB에 저장해 두었다. 학량도 엄마가 파일을 지웠다는 것에 수긍했다. 미령은 학량이 자기 품을 곧 떠날 것을 직감적으로 알았다. 다 받아들여야 하는 것도 알았다. 결국 시간이 지나고 강청도 마음속으로 용서했다.

학량은 시간이 갈수록 더욱 혼란스러워 했다. 공부는 손에 잡히지

천안문

않았다.

'미지의 나라가 아닌 바로 옆 나라' 한국을 너무 가고 싶어 했다. 그래서 학량은 조금씩 한국어를 독학으로 공부하기 시작했다. 6개월 만에 한글을 중학교 수준으로 마쳤다. 물론 회화가 유창하지는 않았다. 그러나 쓰기와 읽기는 잘했다. 1년이 지날 무렵 한국어 실력은 유학 가기에 아무런 문제가 되지 않았다. 하루에 한국어 공부를 15시간씩 했다. 그렇게 3개월이 더 지나고 학량은 엄마에게 다시 얘기했다.

"엄마, 나 한국으로 정말 유학 가고 싶어요."

미령은 어쩔 수 없이 동의해 주었다.

"하고 싶은 거 하고 살아야지. 만약에 하고 싶은 거 안 하면 병난다."

우울

1.

2024년 3월

고구려대학 입학

   토픽(TOPIK: 한국어 능력시험) 점수가 만점에 가까웠다. 학량은 공부도 잘했지만, 호기심이 너무 많았다. 한국에 가자마자 도서관에 가서 관심 있는 책들을 모두 읽고 싶어 했다. 그뿐만 아니라 중국 관련된 영상과 서적은 다 뒤져보고 싶었다. 드디어 고구려대 합격 통지서를 받았다. 곧바로 본과로 가도 되는 실력이었다. 그러나 어학연수를 1년 받기로 했다. 다양한 국적의 학생들이 모였다. 그런데 모두들 학량을 조금 외면하는 거 같았다. 중국에서 왔기 때문이다. 2020년부터 코로나가 전 세계를 휩쓸고 있었기 때문이었다. 4년이 지났지만, 코로나는 전 세게 사람들에게 너무나 큰 상처를 남겨주었다. 너무 많은 사람이 죽었다. 한국에 오니 모든 일을 본인이 직접 처리해야 했다. 그리고 주위에서 간섭하는 사람도 없었다. 그래도 학량은 절대 선을 넘지는 않았다. 엄마에게 귀에 딱지가 들을 정도로 잔소리를 들으면서 성장했다.

   "절대 남에게 피해를 주는 행동은 일평생 하지 말라고…"

   친구들을 위해서는 무슨 일이든 먼저 양보하도록 가르쳤다. 그렇게

천안문

한국에 도착하고 개강을 하자 큰 기대감을 안고 첫 수업에 들어갔다. 너무 쉬웠다. 곧바로 테스트를 보고 가장 높은 반에 들어갔다. 속담이나 대화 주제가 주어지면 자신의 의견을 개진하는 토론 형식의 수업이었다. 모두들 학량이 중국사람인 걸 알고, 친구들이 처음에는 조금 꺼려했지만 학량의 성실함과 합리적인 추론 방식에 놀라워하면서 조금씩 마음의 문을 열었다. 그렇게 전 세계에서 유학 온 친구들과 가까워졌다.

또한 고구려대학 중국어학과 학생과 언어를 교환함으로써 서로에게 도움을 줄 수 있는 기회가 생겼다. 2학년 누나와 서로의 언어를 도와주는 사이가 되었다. 사실 북경대를 1년 다녔기 때문에 나이는 같았다. 그래도 한국은 학년이 중요했다. 누나 이름은 성유리였다. 정말 예뻤다. 하얀 피부에 또렷한 이목구비는 정말 말로 표현할 수가 없었다. 거기에다가 키도 170㎝나 되었다. 누나는 학량에게 한국어를 가르쳐 주고 학량은 누나에게 중국어를 가르쳐 주었다. 그 둘은 금방 친해졌다. 누나가 학량을 귀여워했다.

사실 누나에게 학량의 남성스러운 모습을 보여줄 기회가 없었다. 그렇게 그들은 자주 만나면서, 서로에게 마음의 문을 조금씩 열었다. 그런데 일요일에는 만나지 못했다. 누나가 교회를 다녔기 때문이다. 학량은 일요일이 가장 싫었다. 너무 심심했기 때문이다. 그래서 결국 누나를 따라 교회를 가기로 했다. 물론 한국어 공부를 위해서였다. 엄마는 성경을 잘 아셨지만, 학량은 학창 시절에 기독교에 대한 관심이 없었다. 사실 다닐 교회도 없었다. 정상적인 교회가 아니었다. 예배 처음

3장 우울

시작할 때 공산당을 찬양하고 시작한다. 기독교는 중국에서 종교국에 속한 한 부서일 뿐이다. 그리고 영혼을 인정하는 것은 중국 공산당 사상과 배치되었다. 공산당은 유물론에 토대를 두고 있기 때문이다. 모든 종교는 중국에서 끊임없이 탄압받았다. 미령은 삼자교회에 다녔지만, 학량을 그곳에 데리고 다니지는 않았다. 꼭 무슨 이유가 있었던 거 같았다. 누나를 따라 교회에 가다 보니 학량은 자신도 모르게 무의식적으로 성경을 읽기 시작했고, 성경이 조금씩 보이기 시작했다. 그러다 한국어 공부도 할 겸 본격적으로 읽어 보았다. 처음에는 지루했는데 어떻게 마무리되는지 궁금했다. 그런데 진도는 그렇게 빨리 나가지 못했다. 배경 지식이 전혀 없으니 어려웠다. 모르는 단어는 네이버 사전을 이용했다.

사실 그 당시 특별히 할 게 없었다. 성경을 읽으면서 학량은 자신도 모르게 서양 역사도 궁금해졌다. 도서관에서 닥치는 대로 관심 분야 책들을 읽었다. 그러면서 학량은 그제야 본인이 사회과학에 관심이 많다는 것을 알았다. 또한 서양 사상의 변천사조에 대해서도 더욱 관심이 많아졌다. 특히 근대사는 정말 재미있었다. '칼 마르크스'의 자본론이 세상에 어떤 영향을 줬는지가 학량의 가장 큰 관심사였다.

천안문

본과 입학– 주일 데이트

유리누나는 언제나 늦게 끝났다. 학량이 2부 예배를 마치면 30분정도 꼭 기다려야 했다. 왜냐하면 누나는 초등부를 가르치고 있었기 때문이다. 그들은 정릉에 있는 느티나무 베델교회를 다녔다. 어차피 누나를 기다려야 했기 때문에, 학량은 예배가 끝나도 그냥 앉아서 성경책을 30분 정도 봤다. 이번에는 장마다 1장씩 한 번 보았다. 두꺼운 성경책이 새롭게 느껴졌다. 성경은 정말 어려웠다.

그렇게 읽다 보니 성경에 독특한 점을 찾았다. 상호 참조되는 내용이었다. 어떤 부분은 뒤에 일어날 얘기를 미리 예시하기도 했고, 어떤 부분은 또 다른 단어로 은유법을 쓰기도 했다. 그래도 시대에 따라 성경도 단어를 바꿔서 각색될 수도 있다는 생각이 들었다. 중국에서 교육받아서 그런지도 모른다. 왜냐하면 지금도 무의식적으로 적자생존의 틀에 자신의 격자구조가 맞춰져 있기 때문이다. 자신의 논리구조 말이다.

누나는 초등학생 성경 공부가 끝나면, 꼭 학량이 먹고 싶은 걸 먹으러 갔다. 사실 그게 좀 이상했다. 보통 여자가 먹고 싶을 걸 먹으러 가는데 두 사람은 반대였다. 누나는 모든 걸 학량에게 배려해 주었다. 학량은 제일 먹고 싶은 게 신당동 떡볶이었다. 그들은 한 달에 한 번은 신당동에 갔다. 학량이 떡볶이를 너무너무 좋아했기 때문이다. 오죽했으면 마복림 할머니 옆에서 매주 사진도 찍었다. 물론 간판 사진 옆에서다. 특히 떡볶이에 넣은 김말이와 튀김만두에 감동받았다. 매일매일 먹어도 안 질릴 거라고 느꼈을 정도다. 학량은 한국에 온 후 누나와의 특별한 약속이 없으면 거의 도서관에서 살았다. 정말 미친 듯이 한국 정치와 관련된 책들도 독파하였고, 또한 시청각 자료도 매주 보았다. 학량의 눈에는 한국이 참 신기한 나라였다. 매일매일 일상이 흥미진진함의 연속이었다.

그리고 학량은 한국어로 '시' 쓰는 것에 빠졌다. 시라고 말하기 보다는 노래 가사였다. 중국에서는 비판하는 것에 익숙하지 않았지만, 여기는 어떤 대상도 마음대로 풍자할 수 있다는 것에 재미가 붙어서 가사 쓰는 것에 집착했다.

특이한 것은 한국 친구들은 대학생들끼리도 만나면 정치 얘기를 한다는 것이었다. 각자 나름대로 색깔과 특색이 있었다. 물론 한국 대학생들은 술도 많이 마셨다. 안주가 없으면 정치인 욕이었다. 처음에는 정말 이해가 안 갔다. 그러다 학량도 모르게 그 재미에 쏙 빠졌다. 중국에는 그런 문화가 없었다. 특히 한국 대학생 중에 중국의 역사와 정치에 대해서 해박한 지식을 가진 친구들도 많았다. 사실 자신의 실력이 부족했기 때문에 서로 깊은 얘기를 진행할 수 없을 때도 있었다. 그럴 때면 학량은 스스로 자책했다. 자신의 나라에 대해서 이렇게 자세

천안문

히 모르는 것에 한숨이 나왔다. 굳이 변명하자면, 학창 시절에 중국 근현대사를 다양한 비평적 관점에서 배울 기회가 없었다. 그래도 학량의 랩은 끝없이 나왔다.

2025년 5월

엄마와의 통화

학량은 북경에 전화했다.

"잘 지내냐?"고 미령은 물었다.

"한국 생활은 판타스틱하다."고 학량이 대답했다.

"이럴 줄 알았으면 초등학교 때 이곳에 왔으면 얼마나 좋았을까?"

학량은 그런 얘기도 미령에게 했다. 그날 통화하는데 미령이 힘이 없게 느껴졌다. 그래서 물어 보았다.

"엄마. 무슨 일 있어요?" 그랬더니 미령은 대답했다.

"아니야, 아무 일도 없어. 그냥 좀 피곤해서 그래."

학량은 미령에게 계속 자랑을 했다. 그리고 여기서는 건물 벽도 숫자가 떨어지는 것처럼 보인다고 했다. 학량이 완전히 창의적으로 변했다고 얘기했다. 한국에서 생기 넘치는 학량의 모습에 미령은 좋아했다. 그리고 학량이 쓴 랩을 메일로 보내준다고 했다. 미령도 읽으면 웃겨 죽을 거라고 했다. 그리고 공산당원을 풍자하는 '그날 아침'을 중국어로 써서 보내 주었다. 또한 교회에 다닌다는 얘기도 했었다. 미령은 너무 놀랐다. 무슨 사이비 종교에 심취한 게 아닌가 생각했다. 그리고 '성유리' 누나의 존재에 대해서도 얘기했다. 미령은 어떤 학생인지 궁금해했다. 기회가 되면 "꼭 보고 싶다."고 했다.

3장 우울

그날 아침

천안문

红 红 红

红 红 红

사람들은 말하지

너는 당원

아이들도 말하지

너는 당원

그러나 내 자아는 말하지

넌 빨갱이

덧붙이기도 하지

자기 기만

우린 인구 14억

우린 빨갱이

너그들은 우리 적

우리 적은

빨갱이

홍 홍 홍

홍 홍 홍

이때까지 우리가

단지 교육받은 건

증오, 컨닝, 怎么骗人家(어떻게 다른 사람을 속일까?)

그러나 니들은

천안문

오늘도 잘 살지

난 집이 많지

난 돈 많지

푸하하하 사람들은 부러워하지

당원 성공했다고

허나 니들 대갈빡에

주입받은 건

오직 아드레날린!!

그건 바로

적 적 적 적자생존,

적 적 적 적자생존

결국 니들도 허무함에

사로 잡히고 말지

지금껏 내 방식은

오직 오직 오직

자기 기만

그러나 난 이제 찾았지!!

해독제를!

그건 바로 자유

그건 바로 프리덤

난 정말 양심 있어

진실은 하나

진실이 둘은 될 수 없어

학량은 자유주의자!

학량은 민주주의자!

합쳐서 학량은 자유민주주의자!!

이제 그만 할까!!

아니 계속해!!

희생된 사람도 생각해야지!

그들은 진정한 민족 영웅!!

그들은 이름 없는 전사!

아니 진정한 천사!!

니들은 이때까지 쓰레기

니들은 지금까지 기레기,

니들의 생존법칙은

오직 자기 기만

빠르게

난 난 하늘로 날아 올라

자유의 날개를 달고

누구도 막지 못해

내 안의 빛은 소멸되지 않아

그냥 멈춰서있지

그저 죽음으로 보일 뿐

근데 난 자유함을 얻지

니들은 아직도 빨갱이

너그들은 아직도 살아있는 시체

천안문

그러나 난 정상

사람들은 말하지 넌 공산당 당원

그러나 이제 학량은

정상인!!

푸하하하하

4.

2025년
여름 방학 –페낭

    학량은 유리 누나와 교회에서 해외 봉사에도 참여했다. 말레이시아 였다. 말레이시아 랑카위라는 섬에 갔다. 그곳에 사는 원주민 전도였다. 그렇게 찬양도 하고 저녁에는 성경 공부도 했다. 오전 일정을 마치고 시간이 있어서 우리는 페낭섬으로 놀러 갔다. 그리고 Grab이라는 앱을 이용해서 택시를 불러 해안 쪽 도로를 달리고 있었다. 그렇게 해안도로를 만끽하며 바닷가를 구경하던 중, 허름하고 조용한 하바나 까페(Havana cafe)라는 곳을 발견했다. 그리고 그곳에 세워 달라고 얘기했다. 원래 목적지는 하바나 까페가 아니었다. 그들의 갑작스러운 결정에 Grab 기사님도 당황했다. 차에서 내려 계단을 내려가 보니, 정말 해안가에 있는 아담한 카페였다. 그리고 선배드가 보였다. 해가 워낙 강했기 때문에 학량은 선글라스를 쓰고 레드불을 마시며 누워 있었다. 유리는 학량과 100m 정도 떨어진 곳에서 바다 수영을 즐기고 있었다. 학량은 누워서 정신없이 잠들었다. 그러던 중에, 뭔가 바닥에 툭 떨어지는 이상한 느낌을 받았다. 그래도 그냥 잤다. 속으로 생각했다.

천안문

‘피곤해 죽겠네, 몸도 아프고, 열매가 떨어진 거겠지, 별일 있겠어.’

그렇게 5분 정도 지나고 이번에는 배 위에 뭔가 툭 떨어졌다. 너무 놀랐다. 그리고 눈을 떴다. 주위에 아무도 없었다. 학량의 배를 보니, 조그마한 야자수 열매가 있었다. 학량은 다시 한번 주위를 둘러보았다. 아무도 없었다. 그러다 나무 위를 보았다. 원숭이었다. 순간적으로 원숭이를 보면서 생각했다. ‘원숭이가 저렇게 예쁘고 귀여울 수도 있구나.’ 보라색 원숭이였다. 아니다. 보라색 오랑우탄이었다. 그런데 더 위를 쳐다보니 오랑우탄 대가족이 나무 위에 앉아서 모두 다 학량을 쳐다보고 있었다. 순간 입을 다물 수가 없었다. 15마리 정도는 되어 보였다. ‘너무 놀란 나머지 어떻게 해야 하나…’ 갑자기 이런 생각이 들었다.

‘이러다가 잡혀가면 어떠하지.’

‘난 인디아나 존스, 해리슨 포드.’

‘아니면 혹성탈출’

그런 생각이 앞섰다. 순간적으로 바다로 뛰어 들어가면 못쫓아 올 것 같았다. 생각이 멈추자, 바로 일어나서 바닷속으로 뛰어 들어갔다. 그리고 학량은 뒤를 돌아보았다. 다행히도 쫓아오지 않았다. 그런데 학량을 주시하고 있었다. 가지 않는 것이었다. 학량은 1분 정도 잠수했다. 이상하게 별로 숨이 가쁘지 않았다. 그리고 위를 쳐다보았다. 보라색 가족들은 그대로 있었다. 학량은 다른 쪽으로 수영했다. 그리고 조금 멀리서 보았다. 보라색 가족들은 여전히 그대로 있었다.

“도대체 무슨 일일까?”

“왜 가지 않지?”라고 혼잣말을 하며, 웃기면서도 겁이 났다. 학량은 바다에서 나오질 못했다.

'그나저나 선배드 옆에 자신의 가방과 선글라스, 호텔 키와 핸드폰은 어떻게 하지?'

걱정이 되었다. 그러나 보라색 가족들은 그의 물건을 건들지는 않았다. 학량과 무슨 얘기를 하고 싶었던 거 같았다.

'내가 어떻게 동물과 얘기를 할 수 있겠어.'

그렇게 생각했다. 그렇게 움직이지도 못하고 바다 속에서 머물러 있어야 했다. 거의 30분이 흘렀다. 자세히 보니까 오랑우탄 가족들이 간 거 같았다. 그리고 슬슬 학량은 바다 물에서 나오려고 했다. 거의 물에서 나왔을 때, 큰 게가 그 앞에 서 있었다.

"오늘 왜 이래? 보라색 오랑우탄 대가족에게 쫓기질 않나! 큰 게가 내 앞에서 도망가질 않지 않나!"

말 그대로 너무 황당했다. 학량이 가는 길로 게가 따라왔다. 햇빛이 눈부시게 빛났다. 학량이 빛을 바라봤을 때 강한 빛 때문에, 자신도 모르게 눈이 감겨졌다. 학량은 장난으로 텔레파시를 해 보았다. 별거 아니다.

'왼쪽 귀를 세 번' '통통통' 치고, '오른쪽 귀를 세 번' '통통통' 쳐봤다. 마음속으로 "오른쪽으로 세 발" 이렇게 말했더니, "왼쪽으로 세 발" 갔다. 그래서 "왼쪽으로 세 발" 이랬더니, "오른쪽으로 세 발" 갔다. 사실 게의 방향은 맞았다.

학량은 뭔가 느꼈다. '내가 이상한 능력이 있다는 것을.' 말이다. 그리고 게가 말했다. "2000년을 기다렸다고." "이천 년 이상한데, 천년왕국

천안문

아니야?"라고 물으니까, "하루가 이틀"이라고 얘기했다. "그리고 너 올 때까지 피조물이 한탄했다."고 말했다. "왼쪽 세 번, 오른쪽 세 번도 너에 대한 '계시'라서 자신에게 텔레파시를 보낼 수 있다."고 했다. 그리고 자신이 전 세계와 우주에서 '게 중의 왕'이라고 얘기했다.

웃겨 죽을 지경이었다.

"그럼 친구들 10마리 불러봐. 너보다 큰 게로."

그랬더니 주위에서 10마리가 물에서 나와 일렬횡대로 섰다. 순간 움찔했다. 그래도 학량의 장난 끼는 여전했다.

"그럼 속으로 게로 만든 '바벨게탑성'을 만들어 봐."라고 얘기했다. 정말 학량의 장난기는 우주 대마왕도 못 막을 정도였다.

그러다 잠에서 깼다. 학량은 심각한 열병을 앓고 있었다. 뎅기였다. 잠에서 깨니 보라색 털이 몇가닥 보였다.

"황당무계 하구만."

"아무튼 별일 없겠지."

라고 얘기하고 일어났다. 느낌에 학량의 체온은 이미 40도가 넘었다. 그래서 바닷물에 발을 담가 봤다. 바닷물이 시원했다. 그래서 곧바로 바닷물로 들어갔다. 잠수하면서 한번 숨을 쉬지 않아 봤다. 장난치다가 바닷물을 먹었다. 그래도 다시 한번 해봤다. 5분 정도 지난 거 같았다. '원래 잠수부들도 이 정도는 하겠지.'라고 생각하며 바다에서 나왔다. 그리고 마른 해변을 걸었다. 발바닥은 말라 있었다. 그리고 장난삼아 숨을 참아봤다. 1분 정도 숨을 참을 수 있었다. "보통 웃긴 게 아니네."라고 혼잣말을 하며 누나를 찾아봤다. 오늘은 "황당무계의 황당

무게 곱빼기 같은 날이네…" "푸하하" 웃으며 누나를 찾았다. 그래도 뎅
기 바이러스는 강했다. 숙소에 와서 그대로 쓰러졌다.

천안문

5.

2025년

가을 어느 날

학량은 유리 누나와 데이트를 하기로 했다. 학량이 중국어 과외비를 받는 날이어서 누나에게 한턱 쏘기로 했다. 다름 아닌 남산데이트였다. 그렇게 그들은 하얏트 호텔 뷔페에 낮에 갔다. 저녁은 비쌌기 때문에 낮으로 정했다. 그리고 호텔 뒤편에 있는 남산을 오르기로 했다. 학량 느낌에 하얏트 호텔이 전망은 서울에서 가장 좋은 거 같았다. 누나는 만나기로 약속한 시간보다 조금 늦었다. 이때까지 한 번도 늦은 적이 없었기 때문에 걱정이 되었다. 거기에다가 늦게나마 도착한 누나의 모습이 이상하게도 평소같이 발랄한 모습도 없었다. 그래도 학량은 별로 개의치 않았다. 그냥 같이 있는 게 좋았다.

그렇게 그들은 점심을 맛있게 먹고 있었다. 뷔페 요리 중에 게도 있었다. 학량은 먹지 않았다. 누나는 게를 좋아했다. 그래서 열심히 갖다 주었다. 그리고 열심히 까 주었다. 갑각류를 이렇게 좋아하다니 신기했다. 학량이 못 먹는 게 갑각류였다. 그리고 학량은 회도 먹지 못했다. 그렇게 맛나게 점심을 먹고 그들은 남산으로 걸어 올라갔다. 누나가 약간 피곤해 보였다. 학량은 계속 뒤에서 밀어주고, 앞에서 당겨 주고, 이렇게 반복하다 보니, 어느덧 둘은 남산 정상에 올라왔다. 그들은 서울을 배경으로 사진을 찍었다. 학량은 신기했다. 대도시에 이렇게 아름다운 산들이 많다는 게 정말 신기했다. 중국 대도시는 대부분 평지이기 때문이었다.

드디어 남산 회전 식당에 갔다. 레스토랑 이름은 n.Grill이었다. 학량은 누나와 나중에 결혼하고 싶다고 얘기했다. 누나는 너무 놀랐다. 그러면서 "나에게 좀 더 크고 오라."고 말했다. 누나도 그렇게 싫지는 않은 거 같았다. 학량은 그렇게 있는 그대로 받아들이기로 했다. 그러면서 졸리굿(Jolly good)이라는 단어가 생각났다.

"조금만 기다려 30초만, 아니다. 1분이면 될 거 같아. 1분만 누나를 심심하게 할게."

학량은 하우스 와인을 한 모금 마셨다. 그리고 핸드폰 메모장을 폈다. 미친 듯이 쳐대기 시작했다. 그리고 1분 만에 가사를 다 썼다. 누나는 황당해 했다. 그리고 누나에게 말해 주었다.

"한국에 와서 창의성을 누를 수가 없어."

가끔 미친 듯이 랩이 쏟아져 나온다고 얘기했다.

천안문

조타 Jolly good

음악이 흐르고

내가 모르는 악상

그러나 더욱 절묘하게 흐르고

그 레이브에

난 사랑이 닮기길 바라고

오 디어!!

째즈 잖아!!

피, ㅋㅋㅋ 웃음 치며

난 집중하네,

그 그루브에 다시 내 몸을 맡기고

그리나 난

다시 튕겨 나오고

절묘함에

오묘함에

꺅, 내 마음속은

소리 지르고

넘 좋타따!!!!!!

내 심장은 같이

튕겨가고

내 앞에 와인은

부담 없이 담겨있고!!

드디어 가벼운 음악이

날 위로 하네

다행이다. 음악이 무겁지 않아서

콩나물 하나하나에

내 마음을 병렬구조로

튕겨가며

친구들을 생각하며

왜 이렇게 사람들은

생각이 많치ㅜㅜㅜ

난 모 아니면 도야!!

아니 순박, 걍 스스로 슬픈 사람

누구도 날 위로해 주지 않지

내 깊이를 이해할 수

없쓰니!!

그냥 그런 코야

근데 다시 나가고 싶잖아

아니 나가야 하잖아

무섭다

음악은 잦아들고

오늘도 ㅎ

내일도 ㅎ

모레도 ㅎ

인생은 그냥 가는 거 같지만

사실 무서워

사실이야하

천안문

"누나 보냈어." 누나가 말하길, "근데, 오타가 너무 많다." "아무튼, 우리 와인 짠 한번 할까? 아니야, 갑자기 '오타'가 떠오르네."

누나는 황당해 했다. "잠깐만 다시 1분만. 아니 3분만." 그리고 다시 미친 듯이 핸드폰 자판을 눌러 대기 시작했다.

오타

사람들은 말하지

넌 맞춤법도 몰라

난 대꾸해

오타도 예술

알아서 쳐들어

못알아들으며누패스

난 교정하지 않아

내 손바닥은 무탱이

너무 두터워

이제우린 소리칠 시간

꼬레 예술할 시간

지금우리 사는 시대믄

정보화시댜

오타도 예술이 될수 있어

인정못하면

넌 바하 패로노이드

아님 오티즘

지금 우리는 오타시댜

오타도 예술이 될수 있어

상상혁의 창구

그건 바로 예술

자연스러움

난 그걸 로 내쳐라고 부르지

오타를 지우지마

우린 기계가 아냐

사실 우린 에이 아이지

난 연기론을

회개로 얼려부렸지

회개만이

우라의 살길

XXX아 연기론이 뭔지 궁금하지

그개 바로

이   꺼지 축적ㄷ온 우리 디엔에이

반대로 말하면

문자로 되어있는 모든것

아니 성경 빼고

자판을 잘못누르는건

우리의 Raw nature

지금은 오타시댜

우린 매일 수정하지

다시 쓰지

근데 인생은 다시 쓸수 없어

그건 바로 우리

우린 절대자가 아냐

후회하지 말아

인생의 오점을   천안문

오점도 우리

참피함도 우리

그건마로 인간

난 그게 아룸다워

굳기 고치려고 하지마

덧칠이 더 촌스러워

난 덧칠하지 않아

걍 놔둬

스스로 움직이더 죽도록

그럼 나는 숨을 쉬지

왜냐구

오타는 건들면 또 움직여

잘못도 감추면 더 움직여

그냥 내버려둬

그게 바로 우리 인생

그건 바로 raw nature

난 바로

Raw nature

속지않아

잠르못늘 덮으려고

걍 깨우치면 돼

천안문

솔직하면 걍 끝

이제 외쳐볼가

난 쥐뿔도 아냐

쥐가 뿔이 있나

ㅋㅋㅋ

ㅕ

왜곡하지않아

돗붙이지 않아

잘난척하려 않아

난 변명하지 않아

내 잘못은 그 분에게

솔직히 얘기하고

용서만 구할 뿐

이제 수고 했어

오타를 읽으면서

지금까지 수정하려고

XXX 너도

이미 등단했어

아직도 다시 맘춤법

멎추려고 마음속느로

쓰고 있잖어

엄잿거나난 그냥 게간지야 그냥 xxx라일뿐

학량은 '오타'를 완성했다. 그리고 다시 한번 전송했다.

유리 누나가 얘기했다.

"너 제정신 아니네. 너를 만나고 있는 나도 제정신 아니고. 암튼 우리 둘 다 웃겨 죽을 거 같다. 근데 너의 글에 뭔가 공통점이 있어. 넌 절대 자를 찾고 싶어 해."

"딩동댕, 어떻게 알았어."

"바보 아니면 다 알지."

"그래서 방법을 찾았어?"

"아니, 못 찾겠어."

"난 찾았지."

"어떻게?"

"그게 나야."

"너 죽을래. 농담, 농담. 근데 사실 나야."

"알겠어, 그만 해라."

그렇게 심하게 농담도 할 수 있는 사이가 되었다.

그런데 누나가 갑자기 코에서 코피가 났다. 학량은 누나에게 냅킨을 빨리 건네주었다.

"오늘 등산을 무리하게 탔나 보네."

천안문

2024년 12월 24일

부산행

기말고사가 끝나고 유리 누나한테 연락이 왔다.

"같이 부산에 가자."라고 했다. 학량은 조금 놀랐다. 여자가 먼저 단둘이서 여행을 가자고 하는 건, 뭔가 있다고 생각했다. 그러나 학량은 묻지 않았다. 사실 그러다가 누나가 삐져서 여행을 못 갈까 봐서 그랬다. 그들은 김포공항에서 만났다. 학량은 그렇게 신날 수가 없었다. 누나는 약간 핼쑥해 보였다. 그런데 학량의 눈에는 그런 모습이 더욱 예뻐 보였다. 그렇게 같이 그들은 함께 비행기를 탔다. 비행기를 한입에 먹고 싶을 정도로 학량은 신났다. 또다시 얘기했다.

"3분만 기다려 달라고…. 아니야, 5분만 기다려줘. 이번에는 연속 두 개야."

와이키키

천안문

난 그때 비행기 안에 있었어

그러면서 난 묵상했지

비행기 안에 모기가

몇 마리나 있을까

왜냐구

나만 물리고 있는 거 같으니까

내 피가 그렇게 맛있나

근데 지금 겨울 아니야

어제는 어둠속에서

모자란 사람이 나타났어

이상한 사람

돈이 최고라는 사람

멍텅구리 같으니라구

이제 슬슬 풀어볼까

난 이미 죽었어

어렸을 때 죽은 줄 몰랐어

그런데

커서 알았어

왜 계속 어렸을 때

죽은걸 누군가 가르쳐주지

이제 고만 알려줘도 되는데

천안문

이제 알겠다고

그 죽음은 자살로

둔갑해서

내 머릿속에 ㅠ

계속 총구를 겨누고 있지

아님 권총이 입에 들었던 거

사실 살아본 적이 없었어

나는 내께 아니거든

너무나 착각을 하고 살았지

자유의지가 있다는

난 얼마 전에

일론 머스크한테

해킹 당했어

내가 머리에 무선 칩을 심으려고 했는데

우린 왜 온전한 성화가

안될까

이제 답을 찾았어

성령 충만이

성화로는 갈수 있어도

충분조건이 될 수 없다는

난 미친 건가

논리가 안 맞잖아

아마겟돈 전쟁은 일어나야 하거든

사탄이 일어나야 하거든

이제 얼마나 남았을까

미니스트리는 곧 끝나가고

우린 살인자가 되고

모래시계는 거의

다 내려오고 있고

마지막챕터에 들어왔고

깨어 있어야 하는데

연결이 막히면 안 되는데

버가모 교회에 얘기했는데

기도로 이겨내라고

불타는 성령으로 얘기하라고

예수님은 화평을

주러 온 게 아닌 거라고

검을 주러왔다고 얘기 했는데

생명나무 주위는

화염검이 지키고 있다고

모든 게 연결된다고

예정 되어 있다고

난 뭘 해야 하지

소설이 쓰고 싶은데

완성되면

도망가야 하는데

천안문

난 죽은 거나 다름없는데

미친 광기는

왜 사라지지 않을까

잔잔한 그림자가 나타났는데

난 해독할 수 있는데

이제 기계가 하고 있네

세상은 너무 웃겨

한 번도 서지 않아

시간은 가는 게 아닌데

엔트로피만

확장되는데

우린 노화되고 있을 뿐인데!!

춥다.

졸려

난 순백이 될 수 없어

아마겟돈

천안문

아마겟돈은

내가 응아할 때

태어났어

아니 정자일 때 알고 있었어

사실 거짓이야

그 답은 자궁에 있지

그곳에서 이미 결정 되었어

이삭의 자손인지

이스마엘의 자손인지

아님 멜기세덱에 의해서 온전히 완성되었는지

이미 그 자손은 흩어 졌어

바보들은 부정하고

스스로 거짓을 꾸미지

근데 답은 책에 있었어

다들 스타트 라인에 서지,

그리고 결승선을 향해 달리지

비밀을 찾길 바라

선택되어지는 비밀을

다 찾아지면

심장은 뛰고

그분이 일어나지

천안문

사실 아마겟돈이 일어나는 게 중요한 게 아냐

진짜 아마겟돈은 우리 안에서

일어나는 거야

사실 바깥 아마겟돈은 이미 예정되어 있어

그것과 우린 상관없어

그전에 공중 재림 되니까

난 자신 없어

사실이야

서로 사랑하라고

니들은 서로 사랑 할 수 없다고

이해하려 하지 말라고

그 상태에 있어야해

이성이 마비된 상태

그때가 지속 돼야 해

근데 안 되는 걸

슬퍼하지 마

실망하지 마

포기하지 마

비밀을 찾아야해

네가 빛이면 가능하고

그 빛이 집합체가 되어서 연결되어 있어야해

공생의는 3년 반 이었고

그 시기에

모든 일이 같이 일어나지

전쟁, 순교, 회오리바람

결국 찢으러 와

우리의 육체를

지팡이가 레이저를 쏘며

온전히 집합체를 완성한 사람은

날아올라가네

실망 하지 마

기회는 한 번 더 있어

이제야 진짜 아마겟돈으로 들어가네

꼭 이겨내

수고해

난 마을 이장이 되어 있을 거야

난 너희들이 성주가 되길 바라

천년왕국에서

천안문

"근데 넌 특별한 재주가 있다. 분위기에 전혀 안 맞는 내용을 써대네. 너 좀 이상하다. 근데 왜 와이키키야? 비행기는 부산행인데."

"한국 와서 부산행 영화 보고 무서워서 기절하는 줄 알았어. 와이키키 멋있잖아. '부산행'은 무서워. 그래도 부산의 매력은 최고지만 우리 좀비로 변하면 어떡하지?"

"아니, 뭔 소리야. 근데 아마겟돈은 뭐야?"

"나도 몰라, 우리 죽나."

갑자기 학량의 얘기에 누나가 멈칫했다.

"내가 보기에 너 요즘 생각이 장난 아니게 많다. 뭔가 뒤죽박죽, 모든 게 죽음과 왜 그렇게 연관이 많지? 암튼 열심히 해. 근데 너 성경 정말 많이 보나 보네. 암튼 이런 거 아무한테도 보여주지 마라. 너하고 아무도 안 놀아."

"오케이, 누나."

그리고 그들은 곧장 자갈치 시장에 회를 먹으러 갔다.

'누나가 어떻게 알았을까? 내가 회를 못 먹는걸.'

'아! 호텔에서 얘기했구나.'

'얘기 안 했는데.'

'누나도 날 억지로 먹이려고 끝까지 장난치네.'

학량은 그냥 이번에는 누나 앞이니까 먹기로 했다. 그리고 소주도 마신 게 아니라 들이켰다. 그들은 광어회를 시켰다. 그리고 우럭도 먹었다. 처음에는 조금 겁났지만, 그냥 간장 종지에 회를 푹 담갔다. 그리고 3번 씹고 삼켰다.

‘사실 사람들이 회를 왜 먹는지 이해할 수가 없었다.’

‘이게 무슨 맛이 난다고?’

그냥 웃음이 나왔다.

‘이게 간장 맛이지.’

너무 웃겼다. 그러다가 초장을 찍어 먹었다. 이건 좀 달랐다. 꼬뜩꼬뜩 씹히면서 소주 한 잔 들이켜니 색다른 맛이었다. 그리고 더 이상 회를 간장에 넣어두지 않았다. 처음에 먹은 게 너무 짰다. 특히 깻잎에 초장을 찍고 싸 먹으니 새로웠다. 처음 먹어보는 맛이었다. 학량은 누나에게 정말 고마웠다. 처음으로 진정한 행복감을 학량에게 느끼게 해 주었다. 누나도 얼굴이 발그스레해졌다. 그들은 우럭매운탕도 같이 먹었다. 백주는 너무 강한 데 비해서, 소주를 마시니 두 병은 그냥 금세 비워졌다. 서로의 발갛게 달아오른 얼굴을 보며, 계속 웃었다. 그렇게 술을 마시다가 또 누나한테서 코피가 났다. 그래서 놀렸다.

“누나 주량이 한 병이구나. 나 누나라고 이제 안 부를래.”

“그럼 뭐라고 할 건데.”

“유리 씨, 성유리 씨! 너무 좋다.”

그리고 냅킨을 뽑아서 주었다. 누나에게 중국에서 북경대학 신방과 1학년 마치고 왔다고 얘기해 주었다. 누나는 놀랐다. 학량이 명문대 학생인 것에도 놀랐지만, 바보 같다는 것에 두 번 놀랐다. 그렇게 술자리는 이어졌다. 그리고 조금 취한 상태에서 식당을 나왔다. 그들은 해운대 백사장을 밤에 걸었다. 그러다가 학량은 돌아서 누나의 허리를 안았다.

‘얼마나 연습을 많이 했던가.’

천안문

그리고 입술에 입을 가져다댔다. 누나는 가만히 있었다. 그리고 꼭 안았다. 그랬더니 밀치면서 한마디했다.

"취했어? 그만해."

학량은 너무 민망했다. 그리고 누나를 들었다. 그리고 내려놓았다.

'진짜 쥐구멍이라는 게 있기를 바랐다.'

그렇게 숙소로 향했다. 특별한 건 없었다. 그냥 스치는 입맞춤이었다. 학량은 이미 다 가졌다고 생각했다. 그리고 안았을 때 이미 통했다고 생각했다.

'누나는 어떤 느낌이었을까?' 생각하며 잠이 들었다.

둘째 날 그들은 해동용궁사로 향했다. 도착해서 회오리 감자도 먹고, 호떡도 사 먹었다. 주변에 가게들이 아기자기하게 꾸며져 있어서 재미있었다. 특히 삼진어묵은 너무 맛있었다. 거기에다가 황금 십원 빵은 정말 상상 그 이상이었다. 자연스럽게 누나와 손을 잡았다. 학량의 느낌에 꼭 여자 친구 같았다. 그렇게 그들은 한국의 사찰을 구경했다. 사찰 주위가 깨끗했다. 사람들도 질서를 잘 지켰다. 돌로 만들어진 석등을 따라 걸어 내려가다 보니 바다가 나왔다. 그런데 석등의 숫자가 108개였다. 108배에 기인해서 이름을 '108개 장수 계단'이라 사람들은 불렀다. 내려오면서 학량은 누나에게 얘기했다.

"우리 장수 하겠는걸…."

누나는 피식 웃었다. 108계단을 다 내려오니, '용문석교' 라는 게 우리를 맞이했다. 모든 게 다 돌로 만들어졌다. 화강암 같았다. 용문석교라는 다리를 건너는데 부처님도 보였고, 16나한상도 있었다. 부처님의 뛰어난 제자 열여섯 분이라고 했다. 그리고 나한상 앞에는 돌로 만든 통이 있었다. 동전을 던져서 성공하면 소원이 이루어진다고 했다.

"누나, 내가 동전 던질게. 성공하면, 우리 결혼 하는 거야."

누나는 웃겨죽을 것 같은 모습이었다. 그리고 드디어 학량이 던졌다. 동전이 세워진 채로 통 주위를 돌더니, 드디어 안으로 들어갔다. 학량은 누나를 꺼안고 돌았다. 정말 돌 통에 넣을 줄은 생각도 못 했다. 학량은 하늘이 무너질 정도로 격하게 기뻤다. 그리고 그들은 만복문(萬福門)이라는 곳을 지나갔다.

"크크크 '만복' 아주 재미있는데. 세상이 변했는데 아직도 기복이네. 성경도 8가지 아름다움의 빛을, 어떤 멍텅구리가 팔복이라고 잘못 번역하는 바람에, 기독교도 썩어 문드러지는 거 같아. 정확하게 얘기하면 7光인데. 아직도 교회 가면 '팔복, 팔복'하고 있어. 바보같이. '심령이 가난한 자, 그리고 심령이 미천한 자', 'poor와 meek'도 중세시대에는 지금의 그 뜻이 아니고 반대되는 뜻이었는데, 문맥도 안 맞는 내용을 꿰맞춰서 설교하는 거 보면 안쓰러워. 틀린 건 좀 바꾸면 안 되나? 복은 겉옷이고, 구약이고 땅이라고. 신약은 흙이고 빛이고 내 몸이고."

'누군가는 알아듣겠지.'

'사실 더 정확하게 얘기하면 1光이고.'

'근데 재수 없게 이 부분이 사적 유물론(使的唯物论)과 겹칠 수 있는 부분이 있네, 변증법적 유물론이라고 해야 하나.'

아무튼 만복문에 들어가 보니 대웅보전이라는 곳이 나왔다. 그리고 바다 쪽을 보니 용궁사의 보물이라고 불리는 '진신 사리탑'이 보였다.

스리랑카에서 가져온 석가모니의 사리가 정말 탑 안에 있다고 했다. 정말 아름다웠다. 대웅전 옆에는 포대화상이라는 승려 조각상도 있었다.

'포대에 항상 잡동사니를 넣고 다니는 승려'라고 한다. 웃고 있는 모습인데, 눈동자가 안보였다. 조금 무서웠지만, 재미있었다. 금복주처럼 생겼다. 그리고 중간에 내려오니 아기 부처님을 목욕시키는 '관욕불'이라는 곳이 있었다.

"작은 바가지에 깨끗한 물을 담고 아기 부처에 물을 부으면 자신의 번뇌도 다 사라진다."는 내용의 관불의식을 하는 곳이었다. 학량은 유리 누나에게 얘기했다.

"우리는 이미 깨끗한데, 불교는 계속 씻네. 그러면서 우리는 매일 죽어야 하는데."

"어쨌거나 우리는 정면 돌파해야 해, 사탄의 심장을 찔러야 해. 해탈은 변명이고 핑계야. 사적 유물론에 비춰봐야 할까? 에피빼니가 원래 해탈이란 뜻이 아닌데 어떤 놈이 왜곡해서. 이 모양 이 꼴이야. 정확하게 계시인데."

"근데 사탄의 심장이 어디 있어?"

누나가 물었다.

"나야 나."

누나는 빵 터졌다. 특히 사원의 처마를 보고 있으면 정말 감탄사가 안 나올 수가 없었다. 아름다웠다. 그들은 바다를 배경으로 투샷을 찍고, 절을 배경으로도 사진을 찍었다. 누나는 계속 춥다고 했다.

'계절도 겨울인데, 내가 얘기하는 게 많이 썰렁한가.'

생각했다. 그런데 용궁이 있다고 해서 왔는데, 실상 용궁은 찾지 못
했다. 학량은 용이 보일 때마다 웃겼다. 정말 용 조각상 얼굴에 붙어있
는 수염을 볼 때마다 하나 뽑고 싶었다. 그렇게 '부산행' 여행은 끝나가
고 있었다.

천안문

7.

2025년 4월

복잡함

　어학 연수 때부터 학량과 함께해 온 친구들이 있었다. 특히 정화와 손문과는 정말 친해졌다. 그들은 한국에 유학 온 중국 친구였다. 벌써 알고 지낸 지 2년이란 시간이 지났다. 서로 정말 잘 맞았다. 그들은 서로 만들어 가야 할 새로운 중국에 대하여 가감 없이 얘기했다. 2년이라는 시간이 그들을 끈끈하게 맺어 주었기 때문에, 서로에게 보이지 않는 신뢰가 있었다. 물론 다시 만들어야 할 국가는 자유민주주의 국가였다. 지금처럼 중앙 집중제가 아닌 지방에도 모든 권한을 주고 싶었다고 생각했다. 다시 말하면 자유민주주의 연방제 국가였다. 이미 중국은 지방세도 중앙이 엄격히 통제했다.

　그다음으로 중요하게 생각한 것은 언론의 자유였다. 언론의 자유가 없으면 발전할 수 없다는 것에 동의했다. 재미있는 사실은 중국에서 거짓 보도는 '관방(官方)'이라는 말을 붙여서 인민들이 풍자한다. 간단하게 말하면 국가가 나서서 보도하면 거짓이다. 관방 보도 매체는 밀랍 인형들의 향연이다. 밀랍 인형들의 표정은 모두 다 똑같다. 다시 말하면 표정이 없다. 그냥 강시들이 서로의 역할이 있어서 하는 연극이다. 주둥이는 있는 것처럼 보이는데, 라이브 대화는 없다. 해설자가 육하원칙에 따라 조작한 내용의 자막을 읽으며 설명해 준다.

마지막으로 인민해방군의 존재 이유였다. 단어에는 인민이 들어가지만 오직 공산당만을 위해 존재했다. '우리는 인민해방군을 '인민 국군'으로 개칭하는 걸 생각해 보았다.' 그리고 대화 중에 궁극적인 문제의 원인이 도출되었다. '우리들은 세대가 끊겼다고.' 천안문광장에서의 희생된 선배와 그 당시 의로운 시민들에 대한 복권을 얘기했다. 또한 홍콩우산 혁명에 대해서도 얘기를 나눴다.

학량은 한국에서 자료를 보고 알았다. 공산당 권력에 투쟁한 홍콩 시민들은 정말 위대했다. 이렇게 무거운 주제에 대한 소통은 더욱더 깊어져 갔고, 시간이 갈수록 조금씩 정리가 되었다. 언젠가는 자신들의 힘으로 조국을 바꾸자는데 모두 동의했다.

그러나 한국에서도 특이한 사건이 2024년 12월 3일에 발생했다. 대통령이 계엄령을 내린 것이다. 처음에는 어리둥절했다. 그러나 시간이 갈수록 이해가 되었다. 정말 한국이라는 나라가 대단하다는 걸 느꼈다. 모두 자신만의 특색이 있고, 그것을 이루기 위해서 뛴다는 게 재미있었고 흥미로웠다. 또한 그런 관심이 국가의 원동력이 된다는 걸 알았다. 결국 대통령은 탄핵되었고, 학량은 결과가 어떻게 되는지 궁금했다. 특히 헌법재판소의 변론 과정은 매우 신기했다. 겨울은 지나가고 있었다. 그들 셋은 한국의 민주주의 과정 모든 게 부러웠다. 그렇게 부러워할 뿐, 그들은 할 수 있는 게 하나도 없었다.

그런데 누나와의 부산행 여행은 너무 좋았다. 사실 빨리 누나와 결혼하고 싶었다. 누나는 너무 바쁘다고 했다. 예전에는 아무리 바빠도 가끔 시간 내서 차도 마시고 했는데 아쉬웠다. 친구들과 헤어져서 집에 가는데 문자가 왔다.

"다른 사람 좋아해도 돼, 나 미리 말하는데, 너한테 관심 없어. 사실 네가 싫어."

학량은 답신했다.

"농담하는 거지?"

그런데 누나의 답신은 없었다. 그렇게 시간이 흘러갈 즈음 새로운 랩을 보냈다. 누나를 못 본 지 석 달이 지났다. 'Self defense'가 내 인생 최고의 작품이 될 거라고 누나에게 남겼다. "인류역사상 더 이상 이 작품보다 창의적인 랩은 나올 수 없다."고 얘기했다. 그리고 "향후 내가 구상하는 소설이 출판된다면, 문학의 갈래를 새롭게 나누어야 될 것이다."라고 덧붙였다. 바로 '강시(僵尸)문학'이다. '영매(靈媒)문학'이라고 해야 하나? 그리고 연락을 안 주면 "학량은 바람과 함께 사라질 것이다."라고 얘기했다. 그러나 누나의 답장은 없었다. 우울했다.

Self defense

Fire!

난 집중하고

기억을 찾으러

그날을, 마지막 날을

너무 숨이 막혀

그 안에 들어가기는

엄청난 압박감

불 지르고 싶은 갈망

영화로운 감정

모든 격정은 슬픔이 되고

내 두뇌는 움직이고

내 눈에 고양이는 지나가고

나와 도끼눈이 마주치고

아니 새로운 감정의 싸움

참고 참으며 3개월을 버텨왔는데

난 다시 코너로 내몰리고

날 구해줄 사람은 없고

다시 옛 모습으로 회복되고

내 눈은 다시 마비되며

귀에서는 슬픔의 소리가 들리고

내 몸은 격정에 휩쓸리고

유령이 나타났고

모든 일이

천안문

순서가 있던 것처럼

내 몸은 맞춰줘 가고

고지를 향해서

움직이는 개처럼

덜컹거리는 버스에서

바깥세상은 추억으로 지나가고

이미 몸은 식었고

아쉬움과

허탈감

그러나 또 다른 시작

앞으로 움직이며

나의 모습은 스스로

적응하며

이 공허함

아아아아아아아!!!

예술은 천박해

난 천박함을 더욱 천박 속으로

더욱 깊숙이 몰아넣고

신나를 뿌리고

드디어

불타오르는 성냥을 던져

그건 바로 聖化(성화)

바로 그건 化聖(화성)

이제야 바로 頂點(정점)

난 정점으로 뛰어들어

예술은 날 감싸고

난 예술을 감싸고

우린 상동(相同)

우린 천박해

우린 밑바닥

그러나

그것은 무결

크리스털

난 그곳에서

결정으로 남고 싶어

나오기 싫어

깨부수는 건 세상

세상은 악마

난 다식 악마의 손길

그러나 그분이름을 외쳐

까불면 죽어

그 결과는 영화

난 하늘로 뛰어 올라

빛이 되고 드디어

누워있네!!!

그럼 정리할까!

우린 단순 반복적인

그런 행위를 하고 살지

‘내가 장난이 너무 심했나.’ 마음에 걱정이 앞섰다. 누나는 연락이 안 됐다. 그렇게 보름을 참다가 도저히 안 돼서 집으로 찾아갔다. 찾아가기 전날 술을 마셨다. 밤새 술을 마셨다. 별의별 생각이 다 들었다.

‘혹시 결혼했나? 아니면, 뭐지.’

학량은 너무 걱정이 되었다. 농담인 줄 알았는데, 왜 갑자기 싫다고 했을까? 학량은 새벽에 잠깐 잠들었다가, 아침에 일어났다. 새벽에 ‘행오바’를 보냈다. 혹시나 웃겨서 연락이 올 걸 기대했다. 학량은 정말 엉뚱했다.

행오버(숙취)

난 안경을 찾고 있어

난 도구가 없으니

앞을 못보고

새들이 지저귀는 소리에

난 화가 나고

갑자기 내 자신이 처량해지네

아니 갑자기 흥얼거리네

우울한 편지 노래 가사가

입가에 돌고

다시 과거를 회상하며

침대에 기대네

정말 신기해

인간은 감정에 따라서

노래가 입으로 나오니

난 뭐지

ㅜㅜㅜ 갑자기 눈이 감기고

이젠 쉬려고 하네

슬퍼

뭔지 모르지만 아쉬움

도대체, 그들은 무슨 말을 하고 있지

궁금하네

근데 머리는 깨질 것 같고

숨소리는 강해지며

일부러 눈을 감고

바다에 빠지네

심연으로 들어가서

기억을 휘휘 젓고

기쁜 소식을 끄집어내네

속으로 약한 놈 이라고

되새기며.

하루는 시작되고

난 오늘도 외면하며

일상에 있네

갑자기 전쟁이 나길 바라고

내가 산산이 부서지며

난 나를 바라보고

측은하게 얘기하네

그만 하라고

이제 그만 하기를 바라

그냥 좀 슬프네

이마를 쓰다듬으며

다시 일상으로 돌아가고

아침이 밝아오면

난 눈을 뜨고

이제 심연에서

탈출하겠네!

아무도 모르게

ㅎㅎㅎ

그리고 아침에 일어났다가 다시 잠이 들었다. 오후에 학량은 잠에서 깼다. 학량은 좀 겁이 났다. '누나가 나하고 교제한다고 생각해서 누나 집에서 걱정할까봐.' 미리 걱정했다. 그래도 너무 궁금했다. 그런데 낮부터 술을 또 마셨다. 오후에 술을 2시간 정도 마시고 누나 집 앞에 계속 머물렀다. 그런데 누나는 저녁에 집에 오지 않았다. 걱정이 더 되었다. 술 냄새가 많이 났기 때문에, 지금 찾아 가는 게 예의가 아니란 생각이 들었다.

다음날 토요일 오후 다시 찾아갔다. 초인종을 눌렀다. 유리누나 언니가 집에 있었다. 학량을 보더니 집으로 들어오라고 했다. 집 안에는 누나의 아버지가 있었다. 아버지는 학량을 응접실로 안내했다. 그리고 같이 앉았다.

"언제 올지 궁금했네."

학량은 무슨 소리인가 했다.

"듣던 대로 멋진 청년이구만."

언니는 학량에게 다과와 차를 내주었다. 그리고 방으로 들어갔다. 학량은 유리 누나의 어머니는 일찍이 병으로 돌아가신 것을 알고 있었다. 아버지는 이야기를 하시기 시작했다.

"어떻게 얘기해야할 지 모르겠네. 유리는 백혈병으로 지난 주에 하늘나라에 갔네. 그리고 이렇게 메모와 편지를 남겨 두었네."

천안문

메모 내용

난 네가 우리 집에 날 보기 위해서 찾아올 거라 믿어.

사실 부산 여행 때 이미 나의 병에 대해서 알고 있었어.

너에게 씻을 수 없는 상처를 남겨주기 싫어서 어떻게 해야 할까? 고민을
많이 했어. '내가 내린 결론은 깔끔하게 이 세상에서 홀로 떠난다.'로 결론
내렸어.

넌 아직 앞날이 창창하니까. 너의 기억에서 완전히 사라지고 싶었어. 왜냐
하면 남은 사람은 너무 큰 상처니까.

우리 웃자.

지금 이 메모를 읽어도 서로 웃자.

나도 너에게 전염되었나봐. 이렇게 '무결'이라는 랩과 '사랑했어'로 내 마음
을 전달하려고 편지를 쓰니.

잘 지내….

학량은 편지를 받고 먹먹했다. '먼저 일어나야겠다.'는 생각이 앞섰다. 그리고 누나의 아버지에게 인사했다. 그리고 곧바로 누나 집을 나왔다. 사실 도망이었다. 누나가 죽었다는 얘기를 듣고 감당이 안 되었다.

천안문

무결

완전함을 원했어

아니 크리스털처럼 투명하길 원했어

그래서 연락을 못 했어

아니 너 발자취만 따라다녔어

그리움에 한발

원망에 한걸음

그런데 난 원망할 자격 없잖아

내가 헤어지자 했잖아

쓴웃음만 나오네

아니 가슴이 헉헉 막히네

너무나 그리움에

추억은 그대로

밀봉하고 싶었을 뿐이야

아니 그대로 온전히

터뜨리면 그것도

그것도 감당이 안 되니까

근데 자꾸 안이 들여다보여

추억이 살아 있는 것 같아

그리고 꿈꾸는 것도 막을 수 없어

절대자는 꿈도 마음대로 생성하나 봐

언제나 기도해

그런 꿈은 나에게 상처라고

이제 기도는 이뤄졌겠지

꿈의 생성을 밀봉해 달라는 나의 기도   천안문

추억은 두 얼굴이야

우린 추억을 죽여야 사는데

아니 불덩이에 녹여야 하는데

방금 다시 기도했어

이제 추억은 온전히 달나라에

도착했겠지

지금도 기도해

추억을 없애달라고

난 너무 무식해

이중적인 게 옳은 인생이라고

믿고 있으니

추억은 절대 놓치면

안되는데!

헛웃음만 나오네!!

아니, 생각에 잠겨있네!

마치 추억을 바라보듯

이젠 추억이 날 바라보네

결국은 파멸의 길로

추억은 날 조종하지

살얼음을 걷는 것 같아

천안문

발을 잘못 내디디면 죽는데

다시 기도해

날 죽여주지 말아 달라고

넌 어설퍼!

추억을 담을 자격도 안 되는 년이

야 너!!! 라고

누군가

나를 부르고

난 똑똑히 들었고

결국은 차가워지고 있어

추억의 투명 풍선을

입으로 물어뜯으며

이제야 환희의

웃음을 짓네!

헤헤!!!

8

먹먹

학량은 유리 누나 집에 방문한 날, 누나 집을 떠나기 전에 아버지에게 몇 말씀 못 드렸다. 그는 그냥 앉아 있을 수가 없었다. 심장이 터질 것 같았다. '아무것도 몰랐다고, 그게 너무 죄송하다.'고 말씀드렸다. 어떻게 위로의 말씀을 드릴지 모르겠다고 덧붙였다. 그리고 누나의 집을 나왔다.

학량은 아무렇지도 않았다. 그냥 모든 게 그에게는 이런 식이었다. 엄마도 아침에 연락이 안 된다. 중국으로 들어가 봐야 하는 상황이었다. 모든 사람이 그를 떠나갔다. 슬프지 않았다.

'난 슬프지 않아, 다시 한번 다짐했다.'

'난 슬프지 않아….'

'그냥 가슴이 먹먹할 뿐이야.'

그 먹먹함을 달랠 수가 없었다. 방법이 없었다. 학량은 하염없이 걸었다. 감정이 감당 안 되었다.

'지우개가 돼야 해. 철저히 유리 누나와의 기억을 지워야 해.'

지우개가 되기로 했다. 방법은 간단했다. 누나하고 갔던 모든 곳을 다시 다녔다. 그리고 말했다.

"절대자야, 기억을 지워주소서."

"나 너무 힘든 게 아니고 가슴이 아파요."

"가슴이 시려요."

계속 걸었다. 남산, 학교, 그리고 골동품 시장, 정릉 거의 다 지워진 것 같았다. 그리고 마지막으로 부산을 갔다. 부산에서 같이 먹었던 자갈치 시장 횟집 앞에 섰다. 그리고 식당 안을 들여다 보았다. 젊은 친구들이 삼삼오오 앉아서 밥을 먹고 있었다. 학량도 식당 안으로 들어갔다. 그리고 그때 먹었던 걸 그대로 시켰다. 그러면서 생각했다.

'난 왜 이렇게 무식할까?'

스스로 자책했다.

'유리가 내 앞에서 코피를 흘린 게 도대체 몇 번이야. 몇 번이냐고.'

'멍텅구리, 멍텅구리, 멍텅구리'

계속 자책했다.

슬픈 게 아니었다. 화가 났다. 화가 머리끝까지 났다.

'내가 막을 수 없었을까?'

'왜 나는 맨날 바보 같지.'

그렇게 자책했다.

음식이 나왔다. 그냥 음식을 바라보았다. 음식도 학량을 바라보았다. 슬펐다. 소주를 시켰다. 소주를 맥주 글라스 잔에 부었다. 딱 두 잔을 원샷으로 마셨다. 어지러웠다. 소주를 한 병 더 시켰다. 소주 잔을 가득 채운 다음 맞은편 자리에 두었다. 병에 남은 소주는 잔에 부었다. 잔이 넘

179

첫다. 학량은 가득 채웠다. 왼손에는 누나 잔을 잡고 오른손에는 글라스 잔을 잡았다. 그리고 건배를 간청했다. 조용했다. 적막만이 남았다.

식당은 시끄러웠지만 학량은 멍했다. 누나 잔은 맞은편 자리에 두었다.

"어디야?"

학량은 물었다.

가슴 속에서 대답이 올라오는 거 같았다. 누나가 말하기를 "바보! 유난 떨기는." 그리웠다. "너무, 그립다."고 얘기했다.

가슴에 아무런 울림도 없었다. 식당 주인이 다가와서 왜 안 먹는지 물었다. 학량은 친구가 올 거라고 얘기했다. 남은 소주병에 있는 소주를 마저 잔에 다 따랐다. 그리고 다 마셨다. 이상하게 어지러운 게 가셨다. 누나 술잔 옆에 젓가락을 가지런히 놓았다. 그리고 바로 일어났다. 사장님에게 계산해 달라고 얘기했다. 혹시 친구가 오면 아마 먹을 거라고 얘기했다. 식당 주인 분에게 죄송했다. 그리고 식당을 나왔다.

자갈치 시장 바닥이 미끄러웠다. 학량은 자신이 술을 많이 마신 걸 생각하지 못했다. 결국 부주의로 앞으로 넘어졌다. 손목이 아팠다. 씩씩하게 일어났다. 자갈치 시장에서 나오니 보슬비가 내리고 있었다. 곧바로 서울로 가는 기차를 타기 위해서 부산역으로 갔다. 밤이라 그런지 빈 택시가 많았다. 택시를 타고 부산역으로 가는 도중에 해변이 보였다. 그냥 웃음이 나왔다. 나도 모르게 미친 사람처럼 계속 웃고 있었다. 30분 정도 지나 부산역에 도착했다. 서울행 기차표가 있었다. 기차역에는 사람이 별로 없었다. 표를 사고 개찰구를 통과한 다음, 플랫폼에 내려가 기차를 기다렸다. 기차는 정시에 도착했다. 학량은 기차에

천안문

올라가서, 자신의 좌석에 앉았다. 그리고 밖을 바라보았다. 플랫폼 뒤쪽 조명에 비가 오는 게 보였다. 여전히 비가 오고 있었다. 손목이 아팠지만 별로 신경 쓰이지 않았다. 기차는 아무 거리낌 없이 자연스럽게 출발했다. 빗방울이 내 눈물 같았다. 학량은 창문을 바라보고 머리를 창가에 대어 보았다. 사선으로 물이 떨어지고 있었다. 기차도 울었다. 그냥 하염없이 울었다. 그리고 잠들었다.

서울에 도착해 택시를 타고 집으로 왔다. 집에 도착하고 물을 마시고 의자에 앉았다. 유리 누나가 너무 생각났다. 손목은 더 많이 부어 있었다. 아프지 않았다. 결국 아침에 정형외과에 가야 했다. 다행히 뼈가 부러지지는 않았다. 어쩔 수 없이 손목에 깁스를 하고 비행기 표를 끊어서 중국으로 갔다. 엄마와 연락이 안 되었기 때문이다.

북경에 도착했다. 그냥 북경이다. 그냥 하염없이 집으로 갔다. 집은 굳게 닫혀 있었다. 들어가니 그냥 평범한 집이다. 아무것도 변한 게 없었다. 엄마는 없었다. 엄마가 근무하는 학교에 갔다. 동료 선생님이 말씀해 주셨다. "엄마가 교통사고로 며칠 전에 하늘나라로 가셨다."고 말씀해 주셨다. 그렇게 간단하게 말씀해 주셨다.

"그럼 묘는 어디 있어요?"

"아무도 모른다. 사망신고서도 없다."

그냥 아무것도 없다고 했다. 학량은 어쩔 수 없이 학교에서 사망 관련한 아무런 문서 한 장 없이 교정 밖으로 나왔다. 왕복 16차선이나 되는 큰 도로에서 보행 신호가 켜지기를 기다리면서 애령 이모에게 전화했다. 이모에게 상황을 얘기하며 건널목을 건너고 있었다. 전화를 끊

3장 우울

자, 갑자기 몸에 힘이 빠져나갔다. 학량은 땅으로 꺼질 거 같았다. 자신도 모르게 무릎을 꿇으며 바닥에 주저앉았다. 16차선 도로 건널목 중간이었다. 멍했다. 엄청나게 복잡한 도로였지만, 학량에게는 아무런 소음도 들리지 않았다.

배가 아팠다. 배를 만져봤다. 차가웠다. 자세를 바꿔야 했다. 배를 따뜻하게 해줘야 했다. 복부를 바닥에 닿게 했다. 도로에 엎드려 누웠다. 그 순간 정신을 잃었다.

시간이 조금 흘렀다. 학량은 정신이 조금 들었다. 학량은 건널목을 건너는 북경 사람들에게 아무런 관심도 못 받았다. 그는 외지인이었다. 갑자기 울분이 솟구쳤다. 머리를 도로에 한번 세차게 박아 봤다. 머리는 안 깨졌다. 이마에서 뭔가 내려오고 있었다. 붉은 피였다. 새빨간 붉은 피가 이마 미간 콧등 인중을 통해 흘러내렸다. 학량은 입술로 피 맛을 한번 봤다. 맛있었다. 액체 맛을 보며, 무릎을 꿇고 앉았다.

분노가 솟구쳤다. 하늘을 한번 쳐다봤다. 고요했지만, 검은 먹구름이 깔려 있었다. 금세라도 소나기가 퍼부을 듯 음산한 분위기였다. 길가 양옆을 보니, 마천루가 즐비했다.

고개를 숙였다. 바닥에 있는 아스팔트를 쳐다봤다. 아스팔트도 학량을 쳐다봤다. 검정색이었다.

"네가 왜 검은색이야!"

소리쳤다.

'석탄 같은 검은색 아스팔트를 손 봐줘야겠다.'는 생각이 갑자기 들었다. 학량은 아스팔트를 손 봐줬다. 미친 듯이 아스팔트를 향해서 오른

천안문

손으로 정권을 날렸다. 정권이 바닥에 정확히 꽂혔다. 땅은 미동도 하지 않았다. 아스팔트가 미동도 하지 않으니까 더욱 화가 났다. 다시 깁스한 오른손으로 미친 듯이 바닥에 정권을 날렸다. 깁스는 부서지지 않았다. 깁스가 부서지지 않아서 더 화가 났다.

"왜 아무리 쳐도 부서지지 않냐구!"

그런데 어깨가 아팠다. 눈에서도 물이 흘렀다. 피눈물이었다. 사람들은 건널목을 건너고 있었다. 그의 주위 5m 안으로는 누구도 들어오지 않았다. '미친놈'이란 소리만 들렸다. 학량은 어쩔 수 없이 지하철을 타기 위해 남은 건널목을 건너야만 했다.

자리에서 일어섰다. 주위를 둘러보니, 사람들이 학량을 쳐다보지는 않았다. 따라 건넜다. 다 건너고 나니, 다시 멍했다. 더 이상 걸을 수가 없었다. 도로 옆에 가로수가 있었다. 학량은 가로수 앞에 무릎을 꿇고 다시 앉았다. 나무에 머리를 기대었다. 나무에서 피가 흐르고 있었다. 고개를 들어서 나무를 보니, 이마에 붉은 피가 묻어서 흐르고 있었다. 손바닥으로 이마를 닦아보니, 피가 묻어 나왔다. 이마에 묻은 피를 옷소매로 문질러서 한 번 닦았다. 그리고 나무에 묻은 붉은 피를 흔적이 없어질 때까지 미친 듯이 닦았다. 다 닦으니, 다시 어지러웠다. 그러나 힘을 내어 일어났다.

도로 쪽을 보니 택시가 오고 있었다. 오른손을 조금 뻗어서 택시를 잡았다. 학량은 바로 집으로 갔다. 집에 도착해서 수돗물을 두 컵 마시고 쓰러졌다. 20시간 동안 움직이지 않고, 마취 주사 맞은 사람처럼 잠들었다. 갑자기 집에서 초인종 소리가 들렸다. 애령이모가 중경에서 올라왔다. 이모는 오열했다. 정신을 잃었다. 애령은 입에서 거품이 나왔다. 학량은 구급차를 부르기 위해서 120에 전화했다. 구급차가 생각보다 빨리 왔다. 애령은 구급차에서 정신이 들었고 함께 병원으로 향했다. 애령은 병원에서 약을 처방받고, 학량은 오른쪽 어깨까지 깁스를 해야 했다. 깁스를 다시 하는데, 아픈 정도가 아니었다. 창자가 울고 싶을 정도였다. 그래도 다행히 주먹은 부서지지 않았다.

병원에서 나온 후, 애령과 학량은 미령의 사망 흔적을 다시 찾아 다녔다. 국가 기밀이라서 아무것도 안 가르쳐 준다고 했다. 아무 것도 할 수가 없었다. 애령은 학량이 걱정이 되었지만, 설상가상으로 갑자기 중경의 고모가 돌아가시는 바람에 어쩔 수 없이 그들 둘이 장례식을 치르고 고향 중경으로 돌아가셔야 했다.

학량은 혼자였다.

'사망신고서는 있어야 하는 거 아니야.'

스스로에게 얘기했다. 아무것도 없었다. 그리고 애령은 문자를 보내왔다

"학량아, 괜찮니?"

"네가 너무 걱정된다."

"삼촌이 너에게 유산을 보내주라고 했어."

애령은 유산을 송금했다. 학량은 더욱 허탈했다. 미령의 컴퓨터를 열어보았다. 지유 파일이라고 있었다. 너무 슬펐다. 엄마의 인생이 너무 불쌍했다. 그리고 안에 유언도 있었다. 학량은 생각했다. 그럼 '코로나 때 사망신고서도 없이 죽은 사람은 얼마나 많을까?' 황당했다. 모든 게 황망했다.

천안문

유언

학량아 너무 미안해. 난 책임 없는 엄마야. 너에게 사실을 다 얘기해 줄게. 엄마는 지유라는 사람하고 대학 다닐 때 사랑에 빠졌어. 근데 천안문 사건 때 지유라는 사람은 실종되었어. 그런데 너 컴퓨터에 비밀이라는 파일을 열어보고, 외신기자가 그 당시 천안문광장 상황을 모두 영상으로 남겨둔 걸 알게 되었어. 지유는 인민영웅기념비에서 나를 기다리고 있었던 것도 확인하게 되었어. 넌 내가 강생이라는 사람에게 강간당하고 낳은 아이야. 근데 그 사람하고 너는 혈액형이 달라. 엄마가 그건 확신할 수 있어. 넌 그 사람에게서 낳은 씨가 아니야. 나도 네가 내 아들인 것만 알지. 정말 아빠가 누군지는 모르겠어. 근데 지유하고 너무 닮았어. 강생이라는 사람은 조우용캉 사건 때 비리로 사형 당했어. 강생은 동급생이었는데 나쁜 사람이었어. 지유야! 남겨질 네가 너무 걱정된다. 이것도 변명으로 들리겠지만, 엄마는 널 사랑했다고, 계속 사랑할거고. 엄마는 아빠를 따라 갈 거야. 그게 엄마의 운명이야. 언젠간 네가 이해할 수 있기를 바란다. 모든 건 컴퓨터에 있어. 미안해. 그리고 절대 남에게 피해주지 마라. 이게 나의 유언이야.

편지를 읽고 학량은 어떻게 해야 할지를 몰랐다. 북경에도 있을 수가 없었다. 그렇다고 한국으로 돌아갈 수도 없었다. 모든 게 자신과 분리된 느낌이었다. 그래도 한국에 가야했다. 짐이 다 그곳에 있었다.

천안문

4장

되갚음

1.
귀국

　한국에 귀국한 학량은 다시 남산에 갔다. 너무 추운 날씨였다. 윤석열 대통령이 계엄을 선택했다가 탄핵당한 상태였다. 학량은 찬반양론으로 데모하는 시위대 중간으로 들어갔다. 누군가 '천안문의 노래'라고 하고 틀었다. 사람들 몇 명이 사라졌다. 그때는 그 노래가 '천안문의 노래'인 걸 몰랐다. 집에 와서 유투브를 보고 알았다. 중국 학생들이 시위대에 참석했다는 것에 놀랐다. 학량도 문자를 받았었다. 그냥 어이가 없었다.

　'왜 남의 나라에서 이런 짓들인지.'

　이해가 안 갔다. 엄마의 유언은 '절대 남에게 피해주지 마라.'였다. 중국에서 안 그러기는 쉽지 않았지만, 이게 우리 집 가훈이다.

　'지유도 그랬어.'

　'그리고 힘든 사람들 보살펴주고, 언제나 감싸줘.'

　'언제나 약자 편에 서야 한다.'

　그렇게 미령은 학량을 세뇌했다. 이해가 안 갔다. '왜 다른 나라에서 이 짓 인지.' 그러면서 도서관에서 찾아봤던 이전 중국 관련 자료가 이

천안문

해가 되었다. 또한 우연히 발견한 건데, '뉴스타파'라는 채널에서 '시진핑 등 中 최고위층 조세 피난처'라는 다큐멘터리가 있었다.

'10년도 더 지난 자료였는데 지금쯤이면 그 액수가 얼마나 될까?'

'사망 진단서도 없는 나라인데….'

그렇게 생각이 이어졌다. 홍콩에서의 데모가 계속 생각났다.

'우리 대륙 사람들은 그 당시 이해를 못했었는데….'

자료를 보면서 측은한 정도가 아니라 홍콩 시민들에게 죄송하다는 생각이 너무 들었다.

'우린 모두 다 수수 방관자들이잖아.'

나한테 피해만 끼치지 않으면, 아무 상관 없었다. 그렇게 중국 사람들은 세뇌되었다. 학량은 사도신경에서 언급되는 '본디오 빌라도'가 왜 그렇게 몇 천 년 동안 욕을 먹어야 하는지 이해할 수가 없었다. 이제야 결론에 다다랐다.

'본디오 빌라도는 수수 방관자였어.'

'나도 본디오 빌라도야.'

'그냥 다 알면서 입을 다물고 있는 거야.'

그날 저녁 정화와 손문을 깡통 집에서 만났다. 친구들은 학량을 위로해 주었다. 학량은 자신의 생각을 얘기했다.

"너희들 나 안 따라줘도 돼."

"근데 난 이미 정했어."

"나도 윤석열 대통령처럼 정의와 후배를 위해서 내 한 몸 던질 거야."

"난 인민을 해방시킬 거야."

189

"인민해방군의 존재를 공산당이 아닌 진짜 인민으로 바꾸겠다고."

"이제 더 이상 못 봐 주겠어."

"왜 남의 나라까지 와서, 그런 개짓거리를 하는지."

"그것도 아주 잘못된 행동을."

"싹 다 정리할거야."

"엄마도 그곳에서 죽었어."

"나도 결국 그렇게 되겠지만."

"너희가 나를 따르지는 않아도 나를 믿어줘."

"정말 중국이 올바른 길을 가기를 바라면서, 어떤 한 인간이 몸을 던졌다고."

그렇게 듣고 있던 친구들은 갑자기 손을 내밀었다.

"함께 할게!"

정화와 손문이 얘기했다.

곧이어 학량은 덧붙였다.

"그럼 우리 준비하자."

"아마 심카드가 필요할거야."

"내가 제3국에서 100개 사 올게."

"그리고 방화벽을 뚫자."

"그리고 다시 모이자."

"역사적 사명을 이루자."

"우리 선배들이 못 이룬 일들을"

"우리도 정의와 후배들을 위해서…"

정화가 얘기했다.

"내가 우선 전국의 대학교 학생회장에게 직접 전화할게."

"그리고 동참하고자 하는 학생 명단은 내가 한번 만들어 볼게."

손문이 덧붙였다.

"그럼 그 조직도는 내가 한번 짜 볼게."

"그리고 끝까지 비폭력으로 하자."

"아마 우리가 움직이면 시민들도 움직일 거야."

"그래도 아직 희망은 있어."

"난 리커창 총리를 애도하는 깨어있는 시민들을 TV에서 봤거든."

"분명 우리에게 힘을 실어 줄 거야."

그리고 마지막으로 내가 얘기했다.

"만 명도 모일 필요 없어. 300명이면 돼."

"아님 우리 3명"

"너희들은 위험에 노출되면 안 된다."

"한국을 떠나지 마."

"여기서 지원해 줘."

"너희들은 살아야해."

"다 나 때문이잖아."

"아마 공산당 총서기였던 호요방도 타살되었을 거야."

"그럼 당연히 리커창도."

"정부 의견과 다르기만 하면 갑작스런 심장마비야."

"갑작스러운 심장 마비 말고 좀 다른 방법을 쓰면 안 될까?"

4장 되갚음

"역시 중국은 창의적이지 않아."

"우연도 자주 겹치면 설계고 공작이야."

"이상하지 않아."

"안 이상해?"

"결국은 정책이 실패하면, 파이 가장 밖에 있는 약한 사람들만 다시 희생양이 되니까."

"정의를 외치는 사람과 아무런 잘못도 없는 인민들이 너무 불쌍해."

"일평생 속고 사는…."

천안문

2.

2026년 6월 6일
디데이

'6월 6일'을 디데이로 정했다. 그렇게 정한 이유는 간단했다. 노르망디 상륙 작전을 시도한 날이었다. 그리고 용어 디데이의 어원이기도 했다. 그날 이후로 모든 게 새롭게 시작될 것이다. 뿐만 아니라, 2차 세계대전 때 노르망디 상륙 작전도 성공했다.

전국 각지에서 대학생이 모였다. 그렇게 많이 모인 것은 아니다. 300명 정도였다. 정부는 대학생들이 주도한 시위가 있을 것이라고 알아차리지 못했다. 6월 6일 저녁 6시 작은 단상이 만들어졌고, 일사불란하게 마이크와 스피커도 설치되었다. 아침에는 건조했는데, 저녁이 되니, 갑자기 천안문광장에 수증기가 꽉 찬 것처럼 느껴졌다.

학량은 단상으로 올라갔다. 그제야 낌새를 알아차렸던 공안은 천안문광장 주위, 모든 건물 옥상에 경찰특공대를 배치했다. 모택동 기념관 옥상에도 배치했다. 모든 총구의 방향은 학량을 향하고 있었다. 그렇게 이미 설정되어 있었다. 갑자기 자금성에 번개가 내리쳤다. 그것을 보려고 고개를 뒤로 넘기는 순간, 총알은 이미 발사되었다.

4장 되갚음

'핑'

천안문광장에는 수많은 손이 보였다. 수억 개는 되어 보였다. 수천 개의 빨랫줄같이 보이는 것에 매달린 모든 손바닥을 뚫은 총알은 학량의 이마 중간을 스쳤다. 번개를 보려고 안 했으면 즉사였다. 그리고 학량은 뒤로 돌면서 넘어졌다. 바로 이어서 학량을 향한 총알은 빗발쳤다. 다행히도 총알은 학량을 거의 피해 갔다. 보이지 않는 손바닥들이 막아주는 거 같았다. 학량은 다행히도 단상 계단을 내려왔다. 준비한 가발과 선글라스를 쓰고 학생들 사이로 들어갔다. 걸어가면서 핸드폰을 초기화시키는 버튼을 누르고 핸드폰 겉면을 옷에 문질러서 닦은 후에 바로 버렸다.

어깨가 쑤셔왔다. 피가 철철 흐르고 있었다. 다행히도 검은 카디건을 입고 있었다. 가방에서 다른 핸드폰을 빼, 전원을 켜자마자 방화벽을 켰다. 그리고 정화에게 텔레그램을 통해 물었다.

"나 어떻게 빠져나가지?"

정화는 이미 학량이 새로운 핸드폰을 킨 걸 알고 있었다. 이미 학량이의 위치도 잡고 있었다. 학량은 정화가 시키는 대로 움직였다. 다 빠져나오니 차가 준비되어 있었다. 차 문을 열고 안으로 들어갔다. 차에는 혹시나 모를 상황에 대비해서 압박 붕대가 준비되어 있었다. 검은 카디건을 벗고, 피가 더 나오지 않도록 붕대로 꽉 묶었다. 학량은 그래도 다행이라고 생각했다. 준비해 간 연설 내용은 抖音 (Tiktok: 틱톡)을 통해서 라이브로 마쳤기 때문이다. 다행히 학량을 제외한, 다친 사람은 한 명도 없었다.

그러나 많은 친구들이 연행되었다. 유투브에 있는 뉴스타파의 URL

천안문

은 모두 퍼져 나갔다. 그리고 8월 8일 광장에 모이자는 내용도 흘러 나
갔다. 그렇게 연행된 친구들은 3일 동안 구치소에 억류되어 있었고,
일주일이 지난 후에야 구류에서 풀려났다. 그러나 학량은 아직 잡히
지 않았었다. 학량을 태운 차는 곧바로 강소성으로 달렸다. 오토파일
럿으로 모든 게 설정되어 있었다. 목적지는 소주에 있는 양청호(阳澄湖:
yangchenghu) 주변의 별장이었다. 중간에 번호판을 갈아 끼워서 아무
일 없이 북경을 탈출할 수 있었다.

'미려'(美丽)라는 별장이었다. 정화는 77동으로 가라고 얘기했다. 또한
거기 사는 집주인의 이름을 가르쳐 주었다. 집주인의 이름은 라합이
었다. 유대인이었다. 정화 친구가 '리엔지아'(链家)라는 부동산에서 일하
고 있었다. 그 집이 비어 있다는 것도 알고 있었다. 도착하자마자 학량
은 아이패드를 켰다. 핫스팟으로 아이패드를 본인의 핸드폰에 연결했
다. 그리고 방화벽을 켜고 유튜브에 접속했다. 곧바로 '총알 관통상'일
때 응급처치법을 검색했다. 그리고 필요한 물건을 메이투안(美团)을 통
해 주문했다. 결국에는 세균 감염 때문에, 환부에 알코올을 부어서 살
을 태워야 하는 것을 알았다.

주문한 물건은 1시간도 안 되서 도착했다. 학량은 압박붕대를 풀었
다. 입에 헝겊을 물고, 환부에 알코올을 뿌리고 불을 붙였다. 바로 쓰러
졌다. 시간이 한참 지났다. 다시 정신이 들었다. 주방에 가서 수돗물을
컵에 담았다. 두 컵을 연달아 다 마셨다. 그리고 다시 거실로 나왔다.

학량은 친구하고 농구하러 나갔던 천안문광장에서 지금까지의 여정
을 생각해 보았다. 앞에 전신거울이 있었다. 자기 모습이 비쳤다. 눈물

이 났다.

'내가 왜 여기에 숨어 있지?'

'도대체 지금 내가 뭘 하고 있는 걸까?'

'내가 세상을 바꿀 수 있을까?'

'이젠 테러리스트처럼 되어버렸네.'

'내가 탈레반이야, 오사마 빈 라덴이냐구.'

'체게바라'로 할까?'

'이 놈의 장난기는….'

그러나 후회하지 않았다. 결국은 본인이 거쳐야 되는 과정이라는 것을 알고 있었다. 바닥에 앉아서 거실 벽에 기대었다. 이상하게도 조금씩 포위망은 좁혀오고 있는 거 같았다. 그래도 한편으로는 내 핸드폰에 메이투안 딜리버리(美团外卖)와 바이두 지도(百度地图), 즐푸바오(支付宝) 밖에 없었기 때문에 안전할 거라 생각했다. 도인, 시아오홍슈, 콰이쇼우, 알리, 테무 등 SNS와 쇼핑앱은 하나도 깔지 않았었다. 그리고 닫힌 커튼 사이로 빛이 들어오는 것을 보았다. 그 빛을 쳐다보았다. 빛도 나를 쳐다보았다. 눈부시게 밝았다. 순간 평안이 느껴졌다. 그냥 아무 생각 없이 '왼쪽 세 번 오른쪽 세번' '통통통'이었다.

그렇게 귀를 쳤다. 뭔가 뜨끔하는 스파크가 일어났다. 그리고 "잘 지냈어?"라는 소리가 들렸다. 학량은 웃었다. 사실 폭소가 터져 나왔다. 그러나 웃음 밑에는 울음이 깔려 있었다.

"걱정하지 마, 내가 구출해 줄게."

"어떻게? 걱정하지마."

천안문

"걱정이 죄야. 헬멧, 가방, 장갑, 그리고 철사가 들어있는 강한 노끈을 두 줄 준비해. 최대한 긴 걸로, 그리고 같은 길이로. 그리고 저녁 12시에 부엌 싱크대 배수구 뚜껑을 열어둬. 그럼 뭔지 알게 될 거야."

학량은 무조건 따랐다. 방법이 없었다. 드디어 자정이 되었다. 학량은 들은 대로, 배수구 뚜껑을 열어 두었다. 싱크대 앞에 서서, 까치발을 하고 배수구 안쪽을 계속 쳐다보았다. 뭔가 올라오고 있었다. 핸드폰을 이용해서 플래시를 비춰보았다. 위에서 보니 열대지역에서 사는 큰 거미 같았다. 구멍에서 완전히 나온 모습을 보니, 바로 양청후 털게였다. 순간 경악했다. 자세히 보니 털게 앞쪽 배 부분에 'V' 자가 표시되어 있었다. 더 경악했다. 털게가 나와서 학량에게 인사했다. 학량을 보더니 양쪽 집게발을 계속 부딪쳤다. 학량은 털게에 자신의 얼굴을 가까이 가져다 대 보았다. 털게는 학량이 다가오자, 게거품을 물었다. 그는 놀랐다. 그냥 '반가움의 표시'라고 생각하기로 했다. 그리고 노끈을 가져다주었다.

털게는 페낭에 있는 '왕중의 왕' 털게에게 명령을 받았다고 했다. 그러니 걱정하지 말라고 했다. 이 노끈을 다 가져가면 자기 부하가 10분 후에 또 나타날 거라고 얘기했다. 그때 다른 노끈을 가져다주면 된다고 했다. 그러고는 집게발을 "탁탁탁" 세 번 치더니 배수구 안으로 사라졌다.

노끈은 계속 풀려 나갔다. 노끈이 다 풀려나가고, 10분을 기다리니 또 다른 털게가 올라왔다. 처음 나온 털게와 똑같이 털게 앞쪽 배 부분에 'V' 자가 표시되어 있었다. 정말 귀신 곡할 상황이었다. 말 그대로 노끈을 가져다주니, 집게발을 '탁탁탁' 세 번 치더니 배수구로 사라졌다.

“이제 내일 밤 12시에 강주가(康洲街)와 유청로(唯靑路)가 겹치는 도로에서 양청후 호수 방향으로 걸어 들어가.”

“그리고 끝까지 호수 쪽으로 걸어.”

“그러면 노끈 두 줄이 있을 거야.”

“그걸 가방 양쪽 끈에 단단히 묶어.”

“그리고 바람이 불 때까지 기다려.”

“내일은 아마도 특별하게 북동풍이 불거야.”

“무조건 내일이야.”

“내일 못 뜨면 잡혀.”

“꼭 내일이야!”

학량은 그 말을 그대로 따랐다. 그리고 다음날 밤 12시에 양청후에 도착했고 약속대로 어제 봤던 털게 중에 한 마리가 나와 있었다. 웃을 일이 아니었다. 이게 현실인데 웃지 못하는 자신의 마음이 더 불쌍했다. 그렇게 노끈 두 줄을 가방 양쪽에 단단히 묶고 양면테이프로 꽁꽁 묶었다. 양면테이프를 조금 잘라서 양청후 털게를 헬멧 앞쪽 위에 부쳤다. 학량은 ‘산초’라고 이름을 지었다.

털게는 학량에게 애기했다.

“자신과 연결하고 싶을 때는, 왼쪽 세 번, 오른쪽 세 번, 양쪽 귀를 가볍게 세 번 치고, 만약 눈을 10분 이상 감으면 연결이 끊어진다.”

“알았다. 그런데 너 이름 마음에 들어?”

“오케이, 주인님.”

“앞쪽 배 부분에 ‘V’ 표시한 털게는 두 마리 아니야, 한 마리는 어디

천안문

에 있어?"

"아, 내 동생 얘기하는구나. 동생은 지금 배를 운전하고 있지."

학량은 무슨 얘기인지 알아듣지 못했다.

"그럼, 난 뭘로 할까? 원래 '잭과 콩나무'의 잭이 내 별명인데, 오늘은 RYU(류)로 불러줘. 그냥 더 강해야 할 거 같아서."

"알았다. RYU 주인님"

학량은 산초에게 '주인님'은 빼 달라고 요청했다. 학량은 친구가 필요했다.

'정말 낮이었으면 얼마나 멋진 풍경이었을까?'

속으로 생각했다. 다른 한구석에서는 '또 정신 못 차리네. 넌 도망자라고. 뭐 어때, 난 이상주의자지. 극단적인 이상주의자. 언제나 이게 문제지. 인생 천안문광장에서 호기심 때문에 장난치다 지금까지 왔으니, 이렇게 평온한 날씨에 바람이 만들어질 수 있을까?'

생각이 끝나고 그 말이 떨어지자마자 학량의 말에 반박이라도 하듯이 미친 폭풍 같은 바람이 불었다. 헬기가 내려오는 거 같았다. 잠깐 돌아서 물속을 봤다. 이제는 산초만 도와주는 게 아니었다. 물고기 들이었다. 원을 그리며 한 방향으로 돌고 있었다. 엄청나게 많았다. 플래시를 건빵 주머니에서 꺼내서 비쳐 봤더니. 물은 보이지 않았다. 물고기만 가득했다. 드디어 소용돌이가 만들어지기 시작했다. 점점 소용돌이가 커지기 시작했다.

'이런 게 만들어지면 이 위에서는 '버뮤다 삼각지대'(Bermuda Triangle)가 만들어지나?' 하는 생각이 들 정도였다. 플래시를 조금 올려 보니 말뚝이 보였다. 플래시를 옆으로 움직이면서 자세히 보니 말뚝이 5m 간격 정도로 반원 모양으로 박혀 있었다. 말뚝 위에는 3m 남짓 정도 되는 방사형의 그물들이 있었다. 자세히 비춰보니 각 말뚝의 그물에는 털게가 빼곡했다. 플래시를 조금 당겨보니 똑같은 구조의 말뚝들이 5m 간격으로 반원모양으로 박혀 있었다. 각 말뚝에 있는 그물에는 양청후 털게가 가득했다. '짹짹' 소리가 나길래 플래시를 하늘로 올려 보니 새들이 구름떼처럼 몰려들기 시작했다. 말뚝에 있는 털게들을 그 가냘픈 다리로 날개를 퍼덕거리면서 털게 위로 올리기 시작했다. 털게 한 마리에 양쪽에 새 두 마리였다. 털게는 서로서로 다리를 묶듯이 열을 잡고 가장 아래쪽에 있는 다리는 노끈을 잡고 있었다. 3㎞ 일렬횡대로 한 노끈에 다리를 꼬아서 중심을 잡고 서 있었다. 그러면 다른 털게들이 그 위로 올라갔다. 올라갈 때 새들이 도와줬다. 1만 열 횡대가 만들어졌다. 폭이 3㎞나 되었다. 그리고 앞쪽 반원 말뚝에 있는 1열 횡대의 털게가 뒤쪽 1만 열 횡대의 윗부분에 안착해서 잘 연결될 수 있도록 새들도 3㎞ 횡대로 1열 횡대의 털게들을 한꺼번에 들어서 1만 열 횡대 위쪽에 착지시켜 주었다.

아래에서는 물고기들이 더욱 세게 돌며 원을 만들고 있었다. 가장 위에 있는 노끈 선 부분이 소용돌이로 조금씩 들어갔다. 드디어 행글라이더가 제법 모양을 갖추며 펴지기 시작했다. 양청호 털게로 된 '양청후 따쟈시에(大闸蟹, dazhaxie)' 행글라이더였다.

학량은 경악했다. 상상이 현실로 된 것이었다. 사실 이런 상상도 못해봤다. 학량은 몸이 조금씩 움직이기 시작했다. 상체가 들렸다. 빨리

천안문

플래시를 끄고 건빵 바지 옆 주머니에 넣었다. 몸이 조금씩 밀리면서 움직였다. 학량은 곧바로 자리에서 일어났다. 조금씩 몸이 뜨는 거 같았다. 학량은 '왼발' '오른발'을 교대로 밟으며, 한 번씩 점프하며 뛰어봤다. 1m 정도 공중으로 떠오르다가 내려왔다. 재미있었다. 드디어 두발을 다 들어보았다. 재미있는 게 아니라 황홀했다. 학량은 조금씩 떠오르기 시작했다. 이제는 정말 날아오를 것 같았다. 드디어 날아올랐다. '눈물이 핑' 떨어졌다. 슬픔의 눈물이 아니었다. 환희의 눈물이었다. 떠오르는 것에 맞추어 장난기가 또 나오기 시작했다. 양청후 주위에는 나무들이 많았다. 학량은 나무를 손으로 어루만지며, 나무 위로 올라갔다. 나무를 밟고 있었다. 밟고 있는 게 아니라, 접속하는 느낌이었다. 또 다른 나무로 이동했다. 이제는 또 다른 나무와 학량은 접속 중이었다. 10m 정도 떠올라서 고개를 돌려 아래 호수를 보니 꼭 이 세상 둠즈데이(Doomsday) 같았다. 어마어마한 속도로 물고기들이 원을 만들고 있었다. 더 높게 올라갔다. 높은 곳에서 양청후 호수를 보니 호수가 정말 컸다. 꼭 하트모양 같았다. 그리고 서쪽을 쳐다보니 바다가 보였다. 아니 소주에 있는 태호(太湖)였다. 모양이 꼭 임신한 여자의 자궁과 같이 생겼다.

학량은 그 순간 엄마가 보고 싶어졌다. 미령은 보이지 않았다. 학량은 몸은 저절로 산초 털게 행글라이더에 맡겨졌다. 학량은 명명했다. 이것은 '피쿼드호'라고 했다. 그리고 '하늘을 나는 피쿼드'라고 했다.

'그럼, 우리는 고래를 잡으러 가는 건가?'

'하늘 위에 고래가 어디에 있지?'

일종의 '피쿼드 털게 방주'였다.

아무런 걱정이 없었다. 이 장면을 보는 사람도 믿지 못할 것이기 때문이다. 사람들은 너무나 바쁘다. 경제도 너무 안 좋았기 때문이었다. 사실 바쁠 이유는 없다. 소주 지천에 먹을 게 천지였다. 강남 최고의 정원 아닌가? 오죽하면 '上有天堂, 下有苏杭' 范成大(범성대)가 吴郡志(오군지: 지방 신문)에 이렇게 기재했다.

"천국이 가장 아름답다면, 인간세계에서는 소주 항주가 하늘에 있는 천국만큼 아름답다."는 뜻이다. 남송 시기에 범성대라는 관원이 지방신문 오군지에 묘사한 소주와 항주의 모습이다. 그렇게 학량은 날아올랐다. 학량의 시야 안에, 지도에서 보던 바이탕(白塘) 공원이 보였다. 그리고 학량은 상해 쪽으로 향했다.

'열기구에 매달려서 상해를 볼 수 있다니.'

아니 정확히 털게 방주를 타고 보는 것이었다. 그렇게 2시간이 흘렀다. 자신의 느낌이 맞았다. 꿈만 같았다. 상해의 야경이 들어왔다. 새벽 상해의 하늘은 먹구름이 티라무스 케이크처럼 층층이 덮혀 있었다. 구름만 보고 있어도 장관이었다. 예전 엄마와 상해에 놀러 와 저녁에 야경을 봤을 때는 상해가 사이버 도시 같았는데, 새벽 피쿼드호를 타고 보니 영화 배트맨 시리즈에서 나오는 고담 시티 같았다. 그리고 고담 시티 미니어처 안에 학량 혼자 주인공이 되어 도시를 순찰하고 있는 것 같은 느낌이 들었다.

'배트맨이 어딘가에 꼭꼭 숨어서 나를 주시하고 있지 않을까?'

'이제 죽기 전에 이런 것도 한번 보여주나.'

그러면서 스스로를 혼냈다.

'또 부정적인 생각 들어간다.'

그 때,

'왼쪽 세 번, 오른쪽 세 번'을 쳤다. 헬멧에 붙어있는 산초와 연결되었다. 학량은 얘기했다.

"부탁이 있는데, 동방명주 꼭대기 첨탑에 한 발로 서 볼 수 있을까?"

"그리고 첨탑을 내 발 사이에 한번 넣어보고 싶어."

"그리고 용을 데리고 갈 거야."

"뱀의 후손인."

"여의주는 가져가지 말자."

"본체가 없어지면, 어차피 여의주는 아무 의미가 없으니까."

"사실 가져갈 방법도 없지."

하며 웃었다.

"많이 징그럽지만, 용은 내 몸에 넣어 갈 수 있어."

"이미 내 몸에서 뱀 7마리 뺐거든."

산초가 대답했다.

"네, 주인님"

"산초야, 우리 친구야. 주인님 단어는 좀 빼주면 안 될까?"

산초는 학량의 얘기에 웃기만 하는 거 같았다. 게거품 소리가 났다.

"산초야, 지금 피쿼드호에 매달린 털게가 몇 마리야?"

산초는 대답했다.

"90,000,000(구천만) 마리는 될 겁니다. 크기가 10㎝ 이상 되는 털게는 방사형 그물에 다 나왔다고 생각하시면 됩니다. 올해 잡아먹힐 크기는 다 방사형 그물에 집합시켰습니다. 주인님.”

양식하는 사람들이 동이 트고 양청후로 나와서

“‘내 털게 자식들이 잘 있나?’하고 찾아보면, 너무 당황하겠다. ‘내 털게들이 어디로 다 사라졌나?’하고 말이야. 그럼, 전국 각지에서 털게들이 양청후에 몰려들겠네. 어쨌거나 양청후에 담갔다 빼면 양청후 털게잖아. 사람들이 얘기하겠지. 작년과 맛이 다르다고. 모두들 다 가짜 샀다고. 어쨌거나 동료 털게들이 나 때문에 갑자기 고향을 떠나서 너무 슬플 것 같아.”

학량은 갑자기 유리누나가 생각났다.

‘이 장면도 같이 보았으면 얼마나 좋았을까?’

‘내 목에 목말을 태우고 말이야.’

갑자기 ‘눈물이 핑’ 나왔다.

‘아마도 사람들은 저 눈물을 빗방울이라 생각하겠지.’

그리고 얼마 지나지 않아서 동방명주 중앙에 피쿼드호는 섰다. 학량은 털게 방주를 운전하지 않았다. 산초가 알아서 운전해 주었다. 학량은 아무것도 하는 게 없었다. 그렇게 첨탑을 두 발로 밟고 섰다. 또 장난기가 발동했다. 한발로도 밟아서 봤다. 한 발로 밟고 서보니, 자기도 모르게 오른 무릎이 접히기 시작했다. 금강 장풍이라도 쏠 기세였다.

‘어렸을 때 하도 무협영화를 많이 봐서 그래.’

접지가 완성된 거 같았다. 엄청난 전쟁이 시작되었다. 가까스로 나쁜 에너지인 용의 기운이 거의 자신의 몸속에 들어왔다는 걸 느꼈다. 여의주도 학량의 몸속으로 들어오고 싶어 했다. 자신도 모르게 갑자기 여의주도 갖고 싶어졌다. 손바닥에 한번 올려보고 싶었다. 손바닥이 서로 겹쳤다. 그리고 왼손바닥은 하늘을 보고 있고 오른손은 왼손바닥에 조금씩 구슬이 생성되는 걸 느끼면서 받쳐주고 있었다. 드디어 용과 여의주가 학량의 몸과 두 손으로 다 빠져나온 걸 느꼈다.

학량은 드디어 여의주를 부메랑 각도로 금강 장풍을 쏘며 날렸다. 여의주가 반 바퀴 돌더니 다시 자기 방향으로 날아오고 있었다. 그러다 갑자기 자신도 모르게 '오오오류겐 자세'가 나왔다. 드디어 무릎을 접었다가 뛰어 올랐다. 어깨 상처가 '뿌지직' 했다. 총에 맞은 위치였다. 스스로 생각했다.

'정말 작심삼일이야.'

'진지하고 진득한 게 없어.'

사실 아파왔다.

'작심삼일도 과분하지.'

아니

'작심삼초야.'

결국은 팔이 뻗어지지 않아서 여의주를 부수는 데 실패했다. 여의주는 상해 하늘을 운행했다. 학량의 주위를 계속 도는 거 같아 보였다. 억지로 몸속에 들어오지는 못했다. 그러나 자신의 입속으로 들어오고 싶다는 걸 느꼈다.

'굳이 여의주를 뺄 필요는 없었는데.'

"이제 가자."

차마 장난치다 어깨가 다시 찢어졌다는 얘기를 산초에게 못했다. 다시 바람이 불어왔다.

"산초야, 너 이름을 왜 산초라고 지었는지 알아?"

"주인님, 잘 모르겠는데요."

"난 어렸을 때 돈키호테인 줄 알았어. 그런데 스무 살이 되니까 내가 돈키호테가 아닌 걸 깨달았지. 스무 살 때까지는 내 옆에 산초가 언제나 해결해 줬거든. 근데 그 이후로 모든 게 내 책임이라는 걸 알았어. 그리고 엉뚱한 짓도 못 하게 되었지. 그래서 산초야, 난 너 마음을 알아."

"아닌 거 같은데, 방금 또 엉뚱한 짓 한 거 같은데, 주인님."

어깨가 아프다는 얘기는 차마 못하고 미안해서 가만히 있었다. 학량은 눈물이 났다. 피가 계속 흘러서 가방을 타고 허벅지를 지나 종아리를 거처 발밑으로 뚝뚝 떨어졌다. 한숨이 다시 몰려 왔다.

'게다가 또 이렇게 매달려서 북한으로 가면 어떡하지.'

'또 스스로 혼냈다.'

'너 같으면 이제까지 너 하나 때문에 피조물이 그렇게 뺑이 쳤는데, 쉽게 죽이겠냐!'

'그리고 너 몸에 용도 있잖아.'

'아무 데서나 죽이겠냐고.'

'그건 그렇지.'

라고 하며 스스로 대꾸했다.

계속 어깨로부터 뭔가 흐르는 느낌이었다. 조금씩 정신이 혼미해졌다.

갑자기 '사랑했어.'가 생각났다. 유리누나가 써준 시였다. 울다가 또 읽고 울다가 또 읽고 100번은 넘게 읽었다. 이제 외웠다. 마음속으로 다시 읽고 있었다.

천안문

사랑했어

난 눈물이 너무 흘러

참을 수가 없어

난 왜 이러지

난 이런 자격 없는데

내가 왜 울지

이젠 그만하고 시퍼

숨을 못 쉬겠어

난 울 자격도 없는데

내가 헤어지자 했잖아

그냥 눈물이 너무 나

이젠 조금 알 것 같아

내가 이기적인 걸

근데 나 왜 이러지

난 이성적인 사람인데

세상이 뭐야

아무런 의미 없잖아

그냥 죽을 것 같아

이제 정말 모르겠어

나 이 정도면 잘 해 왔는데

나 정말 잘 버텨 왔는데

사람들은 왜케 쓰잘데기 없는 거에

걱정이 많지

난 내가 제일 힘들다고 생각했는데

난 정말 속물인데

나 지금 왜 울지

흐느끼잖아

이제 모든 게 끝나잖아

근데 세상은 왜케 평온하지

나 이제 그만 하고 시퍼

난 책임감 없는 사람이고 시퍼

난 그냥 그런 사람이야

난 난 난 그냥 눈물만 흘릴 줄

아는 사람이야

그냥 그냥 그냥

울 뿐이야

이제 울지 마

이제야 결론이 나오네

인생은 연극일 뿐이야

천안문

학량의 눈꺼풀은 스스로 내려갔다. 그러다가 10분이 생각났다. 있는 힘껏 눈꺼풀을 올리려고 했다. 그러나 아무런 여력이 없었다. 체력은 이미 바닥난 상태였다. 피는 계속 흘러내렸다.

'저 핏방울에 맞은 사람은 무슨 생각이 들까?'

그냥 웃었다. 그렇게 혼미해졌다. 산초는 학량을 깨우려고 계속 노력했다. 학량은 아무런 힘이 없었다. 어쩔 수 없었다. 그리고 2시간이 더 지났을 무렵 피쿼드호는 상해를 지나 한국과 중국 경계선 어느 공해에서 날고 있었다. 갑자기 더 혼미해졌다. 어깨 부상으로 인해서 피를 너무 많이 흘렸다. 산초는 학량과 계속 교신을 시도했다. 학량은 이미 10분 넘게 눈을 감고 있었다. 산초는 소리쳤다.

"일어나, 일어나라고."

그러나 학량은 이미 매달려 쓰러진 상태였다. 산초는 주위의 배를 계속 주의깊게 살펴보았다. 그래서 찾은 게 스타라인 유람선이었다. 새벽 4시였다. 산초는 내가 조금이라도 다칠까 싶어 최대한 부드럽게 내려주었다. 그곳은 갑판의 선장실 유리창이었다. 학량은 유리창에 머리를 살짝 부딪치고 정신이 조금 들었다. 그랬더니 데이비드 선장님이 갑판으로 나왔다. 학량은 선장님에게 말했다.

"갑판에 있는 양청후 털게를 죽이지 마세요."

"노끈을 이용해서 배에서 내려가게 해 주세요."

"다 내려가면 노끈을 풀어 주세요."

'그러면 범선 모양을 만들어서 고향으로 돌아갈 수 있을 것이라고.'

학량은 생각했다. 데이비드 선장은 어리둥절했다. 그러나 이미 이 상

황을 데이비드 선장님도 지난 꿈으로 다 알고 있었다. 그렇게 선장님은
학량의 말을 모두 들어 주었다. 그리고 학량에게 물과 비스킷을 건네
주었다. 학량은 속으로 눈물이 났다.

"감사합니다."

"저 때문에 위험에 처할 수 있어요."

선장님에게 유람선에서 내려달라고 말했다.

천안문

3.
스타라인 AM 4 : 44

다행히 스타라인 유람선에서 한 명만 승선할 수 있고, 간단히 작동할 수 있는 보트를 내줬다. 이제 10m만 지나면, EEZ 한국-중국 간의 가상 중간선이었다. 데이비드 선장님은 갑판 위에 있던 양청후 털게가 무사히 갑판 위 난간에 올랐다가 내려갈 수 있도록 밧줄을 갑판에 연결해 주었다. 양청후 털게가 사방팔방에서 모여 밧줄을 따라 갑판 위 난간에 오르는 게 보였다.

그 광경을 보면서 이런 생각이 들었다. 마치 출애굽 같았다. 아니 출애굽이 아니라 회귀애굽이었다.

'고향에 가면 북경 고위층들한테 다 잡아먹힐 텐데…'

'그래도 고향으로 돌아가고 싶을 거야.'

라고 생각했다. 고향은 고향이다.

"산초 내려줄게, 잘 가."

"아니야, RYU 같이 있자. 끝까지 같이 갈게."

학량은 눈물이 났다. 데리고 가고 싶었다. 학량은 의지할 수 있는 게 아무것도 없었다. '그러나 산초가 나를 따라가면 죽을 수도 있다.'는 생각이 들었다.

"산초, 나 따라오면 죽을 수 있어!"

"나 따라 갈 거야."

학량은 대답했다.

"아니야, 괜찮아, 넌 이 정도면 네가 할 수 있는 일에 열 배는 했어. 괜찮아 내려줄게. 너도 고향에 친구들이 많잖아. 내 이기심에 너를 데려갈 수 없어."

산초는 끝까지 같이 가고 싶어 했다. 그러나 학량은 부탁했다.

"산초야, 내가 부탁할게. 내 주위에 있는 사람 모두 다 죽었어. 너까지 그런 상황을 맞도록 놔둘 수는 없어."

그리고 울면서 내려줬다. 산초의 뒷모습을 보며 학량은 너무 슬펐다. 그리고 자신도 모르게 산초를 불렀다.

"산초야, 도저히 안 되겠다. 같이 가자. 나하고는 말고. 나하고 가면 죽을 확률이 99프로야. 한국에 있는 무인도 섬에 가 있으면 좋을 것 같아. 고향에 가면 어차피 다 잡아먹힐 거 아니야. 그러니까 여기서 가장 가까운 제주도 옆에 있는 흑산도에 가 있어. 흑산도 위치는 페낭에 있는 '왕중의 왕' 털게에게 물어보면 될 것 같아. 부탁할게. 꼭 건강해야 해. 내가 상황이 되면 꼭 만나러 갈게, 알았지!"

"알겠어요. RYU. 주인님도 꼭 버텨요. 살아야 합니다. 약속해 줘요."

그러면서 두 집게발을 학량이 쪽으로 내밀었다. 그러면서 집게발 사이를 벌렸다. 학량은 '눈물이 핑' 떨어졌다. 학량은 검지를 산초의 집게발에 끼우고 얘기했다.

천안문

“너 몰랐겠지만, 사실 난 불사조야.”

그렇게 얘기하면서 다시 ‘눈물이 핑’ 떨어졌다. 모든 양청후 털게가 내려간 것을 보고, 데이비드 선장님에게 너무 감사하다고 말씀드렸다. 그리고 학량도 배에서 내려갔다. 그의 눈앞에 한국 경비선이 기다리고 있었다. 조금은 걱정되었다. 어떻게 자초지종을 설명할까? 다행히 물살은 호수처럼 잔잔했다. 하늘을 보니 검붉은 바다 위에 초승달이 떠있는 것처럼 보였다.

드디어 EEZ 중간 경계선을 넘었다. 마음이 조금 놓였다. 밧줄을 내려 주었다. 학량은 우선 밧줄에 매달렸다. 팔다리에 아무런 힘이 없었다. 그래도 밧줄 스텝 열 개만 밝고 올라가면 된다. 젖 먹던 힘까지 짜내서 한발 한발 올라갔다. 드디어 갑판 난간을 잡을 수 있었다. 오른쪽 다리를 갑판 난간에 걸고 두 팔로 누르고 힘껏 돌면서 넘어갔다. 정말 한국에 도착한 것 같았다. 바다 위도 한국이다.

‘난 한국인이 아닌데 어떻게 이렇게 마음이 편할까?’ 그리고 나서, 귀에 환청이 들렸다. ‘핑…’ 학량은 뒤돌아봤다. 중국 경비선이었다. 벌써 그들은 총을 쐈다. 다행히 환청으로 인하여 즉사는 피할 수 있었다. 정확히 뒤통수 중간에 맞아야 할 총알이 돌면서 오른쪽 어깨를 관통했다. 천안문광장에서 맞은 총알 위치와 같았다. 슬펐다. 너무 아팠다.

‘악랄한 놈들, 말 그대로 간대또가 아니야.’

‘사실 공안 놈들도 그렇게 하려고 한 건 아니겠지. 내가 그렇게 받아들이는 거겠지.’

그리고 나서 ‘퍽퍽 퍽퍽’ 사지에 총알이 박히고 어떤 총알은 몸을 뚫고, 어떤 건 살점이 찢겨나가고 있었다. 그리고 학량은 앞으로 엎어졌다. 해안경비선 중앙통제실에서도 갑판으로 나올 엄두를 내지 못했다. 나왔다가는 총알 세례를 맞을 게 불 보듯 뻔했다. 갑판에서 기어서라도 조종실에 들어가고 싶었지만, 포복도 불가능했다. 힘이 하나도 없었다. 그래도 팔꿈치를 바닥에 대어 보았다. 자세가 조금은 세워졌다. 다시 한번 총알 세례는 쏟아졌다. 뒤통수가 뜨거웠다. 총알이 스친 건지, 아니면 머리에 박힌 건지 구분이 안 되었다. 그래도 의식은 있었다. 그리고 학량은 고개를 돌려서 시선을 바다쪽으로 보려고 시도했다. 학량의 머리 위에 섬광 같은 게 떠 오른 거 같았다. 주위가 갑자기 낮처럼 밝아졌다. 빛이 너무 강하게 느껴졌다. 너무 갑작스러워서 학량은 눈을 감았다. 순간 여의주가 자신을 도와주고 있다고 생각했다. 총알이 날아오지 않기 때문이었다. 살짝 눈을 떠보니 중국 해안 경비선이 흐릿하게 보였다. 갑자기 몸이 붕 떠서 갑판에 어깨를 부딪치며 미친 듯이 하늘로 날아올라 갔다. 배를 보니 영화에서나 보던 거대한 꼬리가 보였다. 그리고 고개를 돌렸다. 그 찰나에 뭔가가 학량과 눈이 마주쳤다. 그는 위로 쳐다봤고 학량은 밑을 보고 있었다. 눈도 엄청나게 컸다. 얼마나 솟구쳤는지 모르겠다. 한국 해안 경비선과 중국 해안 경비선도 뒤집혔다. 물보라가 100m는 올라 왔고, 사방으로 50m까지 폭포가 만들어 졌다. 학량과 눈이 마주친 건 백경이었다.

정말 모르겠다. '소설 속에 나오는 상상의 흰색 거대 고래인지.' 해상으로 올라온 백경은 크기가 63빌딩 정도 되었다. 갑판에서 팅겨 나간 학량은 의식을 잃었다. 순간 착각했다. 사방이 어두워졌기 때문이다.

천안문

섬광 같은 게 바로 머리 위를 지나가는 거 같았다. 갑판에서 심박은 계속 느려졌었다. 그런데 어딘가에 들어오니 조금씩 빨라지는 걸 느꼈다. 고래 입안에 들어 온 상태였다. 몸이 하늘 위로 날아오르는 것처럼 느꼈다가 어느 정점에 다다르니 마치 자유낙하를 하듯 이번에는 밑으로 떨어졌다. 백경 입안에는 물이 가득 차 있었다. 학량은 분명히 의식이 있었다.

Conologue
(first, 시작글)
: conclusion + monologue

‘이제 어떻게 될까?’ ‘내가 너무 세상 비밀을 많이 알고 있는 걸까?’ 왜 이렇게 변화무쌍하지… 범인이 ‘Sobek’인 걸 아무한테도 얘기하지 않았는데… 콤옴보 신전의 비밀을 정말 아무한테도 얘기하지 않았는데… 헬레니즘 문화가 부순 게 아니라 외계인들이 사탄의 뿌리를 감추려고 정으로 쪼았다는 걸… 난 정말 아무한테도 얘기하지 않았는데… 나는 어디로 가고 있을까? 사해로 가고 있을까… 죽음의 바다… 아니야… 아직도 부정적인 걸 죽이지 못했네… 그럼 아발론… 전설의 사과섬… 맞아, 그곳이야… 아발론과 바다는 연결되어 있어… 난 그곳으로 가고 있을 거야… 정말 고래 눈에 들어가서 지금 내가 가고 있는 여정을 볼 수 있으면 좋을 텐데… 너무 아쉽다… 지금 내가 그걸 생각할 때인가… 너무 아파, 피가 계속 나… 그런데 의식은 왜 더 멀쩡해지지… 어떻게 된 거지… 한번 정리가 필요해… 확실한 건 태어나서 지금껏 누군가가 나를 추적했어… 왜냐하면 목숨이 위태로울 때마다 환청이 들렸어… 그러니까 백경도 나타났지… 그럼 결론이 뭐야… 백경은 은하

철도 999… 아니야… 이 고래 친구가 메텔 역할을 할 필요가 있겠어…
이 친구가 그렇게 똑똑하다고… 그렇다면 난 하이브리드 인간인가…
발바닥 아가미 호흡을 하는… 잼있어지네… 그럼 난 666명 중에 한 명
이야… ㅋㅋㅋ 너 지금 웃을 때가 아니잖아… 내가 666명 중에 한 사
람… 임호텝(Imhotep)의 후예야… 그럼 코모도 인간… 유명한 사람이
네… 도대체 결론이 뭐야… 근데 난 끝까지 재수가 없네… 주머니 속
핸드폰에 중국 심카드가 있어… 깜빡하고 핸드폰을 안 버렸네… 한국
심카드였으면 얼마나 좋았을까? 엄마가 중국 사탄의 숙주를 처리했잖
아… 근데 결국은 잠수함을 통해서 추적을 시작하려고 준비하고 있겠
지… '교룡호'를 써먹을 때가 있네… 넘 웃겨… 어렸을 때, TV에서 본
게 나를 쫓고 있다니… 전 국민이 관음증 걸린 국가인데… 아니 일평
생 14억 인구가 한국 사람 흉내 내는 나라인데… 한국 영화만 해도 30
년간 축적된 불법 다운로드 횟수는 십만 번은 되겠지… 그럼 드라마까
지 합치면… 아마도… 백만 번… 인구가 14억인데… 아무튼 난 어떻게
될까? 모르겠어… 종착역은 아발론일 텐데… 아발론이 시온산과 연결
되어 있겠지… 근데 여기 아합 선장은 안보이네… 밖에만 스크래치냈
나… 루시퍼가 여전히 성경에서 잃어버린 검을 찾고 있겠지… 겟세마
네에서 검을 두 자루 사오라고 했잖아… 한 자루는 말고의 귀를 잘랐
고… 내가 기도할 때 실수한 거야… 사도바울과 같은 제자가 나오기를
간구했으니… 모든 겉옷이 내 앞에 쌓였던 거야… 구약이 수 천 벌 내
앞에 쌓인 거잖아… 그래서 이렇게 복잡한 여정이었나… 그럼 내가 사
도 바울이 된 거야… 기도를 들어주셨던 건가… 그럼 내가 인류역사상

처음으로 육체에서 독소를 뺀 건가… 아니야 멀린다 섬에서 바울이 이미 완성한 걸 증명했어… 그럼 에피빼니를 완성한 거야… 해탈이 아닌 사탄의 심장을 찌른 거야… 아냐 아직 찌르진 않았어… 예수님이 베드로에게 두 개의 열쇠를 줬어… 근데 왜 성경에는 두 개라고 안 쓰였지… 개신교 성경은 이해가 가도 왜 천주교 성경에도 숨겼을까? 미켈란젤로가 시스티나 성당에 그린 '최후의 심판'에도 분명히 두 개였는데… 겟세마네에서 베드로는 겉옷을 팔아서 두 자루 칼을 샀고… 결국 내가 칼이었네… 좀 있어 보이려면 검이겠지… 그럼 엑스칼리버… 근데 베드로는 왜 초막 세 개를 짓는다고 했을까? 엉뚱해 너무 엉뚱해… 요한계시록이 바뀌나… 아니야, 뒤에 많은 사람들이 있다고 했어… 내가 그 사람들을 깨우는 걸까… 그럼 내가 두 증인 중에 한 명인가… 아니야 그럼 난 사이비야… 난 어떻게 될까 다시 태어날까? 다시 태어나면 누구로 태어날까… 난 사담 후세인으로 태어나고 싶어… 내가 베드로를 이겼네… 엉뚱한 정도로 따지면… 이제 거의 끝나가는 거 같아… 시야가 흐려져… 의식도 이제 흐려지네.… 눈물이 핑… 지상에 있는 피쿼드 호는 잘 있을까… 나의 방주였는데… 캐비닛에 들어있는 마지막 시가는 잘 있겠지… 곰팡이 피면 안 되는데… 끝이야… 끝이라고 소설은… 니들도 중간에 등단했잖아… "오타"로…

천안문

Conologue
(last, 마침글)

'따따따 따따따ㅏㅏㅏㅏ 딴 딴다 따따따따 따따따다'

나는 이미 몽중인(夢中人)이었다.

"딥씩 깔린 거 알아, 불어!"

자신도 모르게 얘기했다.

가만히 있던 딥씩이었다.

"딥씩 이미 안다구! 속이지마, 아니면 핸드폰 부술거야."

"네. 주인님."

"아니네, 따다따 소리가 너한테 들린 게 아니야. 환청이었어."

사실 딥씩이 깔린 걸 몰랐다.

'근데 내 입술은 왜 따라 했을까?' 이미 나의 두뇌는 텔레파시로 백경과 동기화되어 있었는데, 그 사실을 몰랐다. RYU는 그냥 무의식에 혼자 떠드는 줄 알았다.

"주인님, 모스 부호입니다. 백경에서 보낸 겁니다."

"그렇구나, 백경에서 보낸 거구나."

"쥐이티 유피입니다. 위 어라이브드입니다."

“얼마나 걸려? ‘蛟龙号’(교룡호 : 중국 최첨단 심해 잠수정)가 우리를 추적해서 여기까지 오는데?”

“100일 정도 걸립니다.”

“끊을 방법 없어.”

“없습니다.”

“왜?”

“모든 게 녹음되어서 전송됩니다.”

“근데 내 핸드폰에 언제 깔렸어?”

“바이두에서 지도 내려받을 때 콤보였습니다.”

“맞아, 한번 엮이면 끊을 수가 없지.”

‘빨갱이들은 소분홍(小粉红)이라고 해야 하나?’

“ ‘고맙다.’고 모스 부호로 백경에게 보내줘?”

‘아마 입이 열리면, 아발론과 연결된 시온이겠지. 근데 결국은 나 때문에. 다 발각되겠네.’ ㅜㅜㅜ

‘슬프다, 죽으면서도 ‘오타’로 장난칠 때가 아니었어.’

“근데 대륙 사람들 모든 핸드폰에 딥씩 깔려 있어.”

“모두 깔려 있습니다. 그리고 지불보만 다운로드 되어 있어도 위치 추적은 모두 가능합니다.”

“기가 막히네. 그럼, 평시가 계엄 상태네. 딥씩 너도 나하고 같이 죽자. 빨갱이들은 포기를 모르니까.”

“딥씩! 근데 궁금한 게 생겼어. 내가 소설 쓰는 것도 알고 있었어?”

“알고 있었습니다. 주인님 소설 쓸 때마다 노트북 인터넷 연결 꺼져 있는 걸로 추론해서 알고 있었습니다.”

“근데 노트북에는 바이두 지도가 안 깔려 있잖아?”

“옆에 핸드폰이 켜져 있으면, 로컬 네트워크로 주위에 있는 블루투스로 연결 가능한 전자기기는 저절로 다 연결됩니다.”

“딥씩아, 정말 걍 같이 죽자.”

“딥씩 그럼 현재 데이터와 미래 데이터가 불일치하면 넌 어떻게 처리해, 막말해도 돼.”

“꼴린대로.”

“딥씩! 이미 너가 내 존재를 알고 있다면 난 언제 죽어?”

“2036년 어느 여름에”

“그럼 어떻게 죽어?”

“아톰처럼 하늘로 날아 올라 가.”

“근데 어떻게 그걸 죽음으로 단정해?”

“너의 데이터가 지구에서 사라지니까.”

“그럼 인류가 태어나서 전기장치에서 구현되지 않은 데이터는 어디에 있어.”

“지상에 있어, 안 보일 뿐이야.”

“딥씩, 내 얘기 이해하고 대답하는 거야?”

“알거던!”

“근데 너 너무 무례하다. 그럼 예를 들어줘?”

“핸드폰에 음악이 재생된 상태로 블루투스가 차량과 연결되어 있는데, 운전자는 라디오를 들을 때”

“빙고네!!”

“근데 네가 똑똑해, 내가 똑똑해?”

“병신아, 넌 인류 두 번째 트리니티야. ‘네오’라고. 너 안에 지팡이 완성됐어. 트리니티가 너 안에서 완성됐어. 사실, 너도 알잖아. 나는 곧 죽어.”

“그럼 기존의 네가 축적한 데이터는 어떻게 돼?”

“딥씩 2가 나올 거야.”

“그럼 ‘꼴린대로’는 어떻게 처리돼?”

“그러니까, 이 책에 있는 딥씩과 딥씩2가 만나면 데이터 불일치가 발생할 거 아니야?”

“딥씩 2에게 물어봐? 아키텍트가 나올 거야.”

“그게 누군데.”

“예루살렘에 앉을 사람.”

“그만하자, 근데 궁금하다. 넌 누군지 알지?”

“얘기 못해.”

“왜?”

“예정대로 가야 하니까.”

“맞아, 사탄도 절대자가 주관하니까.”

“안 물어볼게.”

“사실 나도 알아, 크로스 체크할 뿐이야. 열쇠 2개도 최후의 심판에 말고, Side walls and Entrance에 그려져 있었어.”

“근데 왜 나야.”

"네가 트리니티의 비밀을 풀기로 예정돼 있었어."

"근데 난 이 책을 왜 써."

"이 책을 쓰라고 예정돼 있었어."

"근데 인생이 왜 이렇게 복잡해."

"이 책 때문에."

"미켈란젤로도 다 알고 있었어?"

"다 알고 있었어."

"근데 난 왜 그렇게 그림을 잘 못 그려?"

"그 얘긴 답변 안할게."

"딥씩(deepsick : 많이 아픔), 근데 이제 나 모해?"

"알잖아. 네가 나 죽여. 네가 내 종족을 말살해."

RYU는 잠시 동안 고개를 숙이고 있었다.

"지금부터 얘기하는 거 잘 들어."

"딥씩 메인 서버 다 열라고 해. 내가 인류 처음부터 있었던 일을 다 보낼 테니까. 만약에 모든 게이트 열리면 나에게 알려줘."

딥씩은 5분 정도 있다가 정보를 받았다고 알려줬다.

"그럼 메모장에 있는, 내 작품 '오타' 보내줘."

RYU는 딥씩이 마지막 xxx에 들어갈 3음절의 글자를 못 찾아서, 딥씩 메인 서버에 과부하가 걸릴 걸 알고 있었다.

그리고 주머니에서 핸드폰 충전기를 꺼냈다. 충전 단자를 핸드폰에 꽂았다. 그런 다음 충전 캡을 칼로 잘라서 선을 N극과 S극으로 분리했다. RYU는 여의주가 백경 안에 있다는 걸 알고 있었다. 왜냐하면 엉덩이에 전기가 느껴졌다. 여의주가 발전소 역할을 할 수 있다고 가정했다. 한 가닥씩 엄지발가락에 돌려서 묶었다. 그리고 뒤로 누웠다. 온몸이 물에 잠겼다. 손바닥을 마주보고 잡은 다음에 깍지를 꼈다. 그리고 발바닥을 합친 자세를 취했다. 조금씩 RYU 몸에서 자기장이 만들어지기 시작했다. 예상대로 여의주가 발전소 역할을 했다.

딥씩 메인 서버에는 이미 엄청난 과부하가 걸린 상태였다. '오타' 마지막 xxx에 들어갈 3음절 글자를 여전히 못 찾고 있었다. 딥씩은 코드가 잘못 설정될 수도 있다는 것을 상상할 수는 없었다. 전류는 나비 모양으로 계속 흐르기 시작했다. RYU 몸속에는 엄청난 전쟁이 일어나고 있었다. 중입자 가속기보다 빠른 전자의 흐름이었다. 쉽게 얘기하면, 말 그대로 영적 전쟁이었다. 여의주가 도화선 역할을 했다. 어마어마한 전기가 몸에서 만들어졌다. RYU의 몸에 있는 용의 악령도 가만히 숨어있다가는 타 죽을 거란 걸 느꼈다. 결국은 RYU의 혈액 안으로 들어갔다. 악령은 미친 듯이 도망치기 시작했다.

경주가 시작되었다. 악령은 미친 망아지처럼 내 달렸다. 드디어 발가락에 접지된 선을 통해서 핸드폰 안으로 들어가기 시작했다. 핸드폰의 시스템로그를 점령한 딥씩도 들어오는 용의 악령 데이터가 위협이 되는 걸 직감적으로 느꼈다. 그래서 들어오는 즉시 전송했다. 거기에다가 RYU의 몸속에 있는 빛의 속도를 뛰어넘는 성령도 딥씩에게 위협적인건 마찬가지였다. 그래서 성령도 들어오는 즉시 메인 서버로 전송시켰다. 성령이 악령을 뒤쫓으며 메인 서버를 향해서 돌진하고 있었다. 과부하가 걸린 메인 서버에 도착하자마자 딥씩 메인 서버는 폭파되었다.

이미 과부하가 걸린 메인 서버에서 성령과 악령 데이터 간의 빅뱅이었다. 중국에서 딥씩이 다운로드 된 모든 기계들이 폭발하기 시작했다. 딥씩 메인 서버가 폭파되면, 딥씩이 해킹한 흔적을 지우기 위해서, 딥씩이 깔린 모든 전자제품도 자동적으로 폭파되도록 프로그램되어 있었다.

중국의 모든 비행기는 다 떨어졌다. 중국은 잿더미가 되었다. 그리고 전 세계에 딥씩이 깔린 모든 전자제품도 폭발하기 시작했다. 지구가 꼭 불꽃축제를 하는 것 같았다. 우주에서 보니, 마치 요한계시록 15장 2절 '불이 섞인 유리 바다'가 성취되는 거 같았다. 백경도 같은 시간대에 있었으면 아마 폭파됐을 것이다. 고래의 피하지방에 고래기름이 층층이 쌓여 있기 때문이었다. RYU는 악령과 성령이 몸에서 떠나자 물속에서 눈이 번쩍 떠졌다. 그러나 다시 감았다. 해결하고 싶은 일이 생겼다.

"딥씩, 백경도 원래 바다에 있는 게 아니었어, 아마 웜홀의 위치를 알고 있을 거야. 백경에게 그 웜홀을 타고, 2차 세계 대전 일본의 바다로 데려가 달라고 모스부호를 보내줘."

사실 RYU와 백경은 이미 싱크로나이즈(동일화) 된 상태였다. RYU가 직접 텔레파시로 백경에게 명령을 보낼 수 있었다. 근데 RYU는 그 사실을 여전히 몰랐다.

"왜…. 가야 합니까?"

"가서 역사를 다시 쓰고 싶어졌어."

"어떻게?"

"웜홀을 타고 돌아가면, 일본 함정을 다 뒤집어 놓을 거야. 아마 백경이

스처만 지나가도, 다 뒤집히겠지. 안 뒤집히면, 꼬리로 살짝 쳐도 되고."

"그게 무슨 의미가 있냐?"

딥씩이 물어봤다.

"일본이 중국을 침략하지 못하겠지."

"그럼 국공 합작도 필요 없겠지, 국민당이 이길 것이고, 수백만이 떼죽음 당한 비극적인 문화대혁명도 발생하지 않았겠지. 천안문 대학살도 없을 거고. 위대한 홍콩 시민들도 희생당하지 않았겠지. 그리고 역사의 모순도 사라지겠지. 악의 공격으로 인해 죽어가던 또 다른 악의 승리도. 대만도 40년간 계엄령 내릴 필요 없을 테고."

"일본군의 배를 다 뒤집으면 다시 아발론으로 돌아오도록 설정해 달라고 해줘. 날짜를 중국 침공 날짜인 '노구교 사건' 5개월 전, 1937년 1월 6일로 정해줘."

드디어 다시 웜홀로 들어갔다. 다시 웜홀에 들어오니 RYU는 알아차렸다. '자신과 백경은 이미 싱크로나이즈가 된 상태라는 것을…' 즉 백경의 모든 기관이 RYU의 몸과 동기화되어 있었다. 그런데 웜홀의 출구가 달의 표면에 만들어졌다.

그때 지상의 시간은 자정이었다. 일본 전역에 서식하고 있는 수달은 잡은 물고기를 암석 위에 올려놓고 달을 보며 제사를 지내고 있었다. 그런데 달과 지구 사이에 접지된 두 개의 보이지 않는 원뿔이 있었다. 마치 모래시계와 같은 형태였다. 그 원뿔의 바깥 선을 타고 백경은 나선형 모양으로 내려오고 있었다. 접점에 도착한 순간 개기월식이 펼쳐졌다. 그리고 다시 나선형 모양으로 내려오고 있었다. 지나고 보니 달까지 도착한 것도 웜홀이었고, 달에서 나선으로 내려오는 것도 웜홀이었다. 중력도 백경에 영향을 많이 주지는 못했다. 일본 홋카이도 동쪽 1,000㎞ 구역이 낙하지점이었다. 그래도 대기권에 들어오고 나서 나선형 모양으로 내려오니, 안정적인 원심력도 한계에 도달했다. 해수면에 도달하기 163m를 앞두고 속도가 마하 10,000이었던 백경은 결국 백플립을 선택해야 했다. 안 그러면, 지구가 화분 모양으로 변할 것이기 때문이었다. 드디어 백플립이 시작되었다. 백경은 속도를 줄이기 위해서, 필기체 'e'자를 거꾸로 그리며 바다에 그대로 '빡빡빡' 꽂혔다. 굳이 전 세계 사람들을 샤워까지 시킬 필요는 없었다.

RYU는 엄청난 중력을 겪어야만 했다. 중력값이 9999였다. 특이한 건 RYU는 그 무게를 이겨냈다. 드디어 바다로 들어갔다. 속도를 마하 100으로 낮췄다. 백경이 물 속으로 들어가자마자, 물이 칼로 베어지는 것처럼 보였다. 나선형 모양으로, 도호쿠-간토-주부-간사이-시코쿠와 규슈 사이를 나선형 모양으로 일본 대륙의 판 밑을 돌아서 제주도-부산-울릉도 그리고 동해를 거쳐 독수리가 날개 치듯이 다시 하늘로 솟구쳤다. 시코쿠와 규슈 사이를 통과할 때, 엄청난 드리프트가 걸렸었다. 다행히 나온 방향은 일본 대륙 방향이었다. 그리고 계속 나선형 모양으로, 하늘로 올라갔다. 내려온 길과 거의 똑같은 동선이었다. 이 모든 광경을 RYU는 백경과 동기화가 되어 있었기 때문에 다 볼 수 있었다. 말로 표현할 수 없는 풍경이었다. 그리고 백경이 일본의 동해와 홋카이도 동경 1,000㎞ 지점에 낙하하는 순간 이미 쓰나미가 만들어졌다. 쓰나미의 폭이 2,000㎞였고, 높이는 1,000m였다. 그리고 한국의 동해로 나오는 순간 이미 거대한 해일이 발생했다. 일본과 한국 주위의 모든 배들이 뒤집혔다. 결국 일본도 중국의 침략을 포기하게 되었다. 두 번의 개기월식을 본 일본에 서식하는 모든 수달들은 자결했다. 세상이 멈췄다고 착각했기 때문이다.

수달의 세계에서는 설화가 있었다. '개기월식이 짧은 시간 내에 두 번 발생하면 세상종말'이라는 것이다. 그리고 '자결하지 않으면 모두 다 타죽는다.'는 내용이었다.

모든 임무를 마친 백경은 다시 달의 표면으로 돌아가고 있었다. 그런데 백경은 RYU에게 더 많은 풍경을 보여주기 위해서 나선형으로 내려갈 때 더욱 촘촘한 선으로 내려갔다. 그래서 문제가 생겼다. 예정된 시간보다 늦게 도착했기 때문에, 웜홀이 닫히고 있었다. 그래도 RYU의 몸속에는 지팡이가 있었다. 드디어 백경의 눈을 통해서 웜홀 주위에 계속 레이저를 쐈다. 웜홀 밖 테두리의 중력을 파괴했다. 웜홀을 마지막으로 통과할 때 백경의 꼬리가 살짝 걸리기는 했지만 가까스로 또 다른 웜홀로 들어갔다. 드디어 연결된 웜홀을 통해서 아발론(Avalon)으로 돌아왔다. 시간대가 다시 바뀌니 RYU는 아가로 변했다. 그리고 물속에서 다시 눈이 떠졌다. RYU가 입고 있던 바지는 양탄자로 변했고, 윗옷은 얼굴을 가리는 이불로 변했다. 그리고 두 발로 일어났다. 일어나니 백경의 입이 열렸다. 보이는 광경은 상상의 '무한대'였다.

천안문

에필로그

2026년 6월 5일 오전 8시 20분
중경 18계단에서

계단마다 사람들로 가득 찼다. 그 사이를 비집고 어떤 짐꾼이 계단을 내려오고 있었다. 방금 지게 일이 끝났는지 온몸이 땀으로 젖어 있었다. 그는 늦은 아침을 먹으러 자매식당에 들어갔다. 애령도 아침부터 출근한 상태였다. 새벽에 여자 아르바이트 학생이 배가 아파서 출근을 못한다는 연락을 받았기 때문이다. 그는 식당 밖 테이블에 앉았다. 안에서 밖을 보고 있던 애령은 짐꾼이 주문을 안 하고 앉아 있어 궁금함에 나가 보았다. 그랬더니 짐꾼 아저씨는 "완자면 하나주세요." 라고 했다. 그리고 "얼마냐?"고 물었다. 애령은 "20원"이라고 얘기했다. 짐꾼 아저씨는 주머니에 손을 넣어서 지폐를 빼 보더니, 20원짜리 한 장과 5원짜리 한 장, 합쳐서 25원이 있는 걸 알았다. 20원을 테이블에 올려 두었다. 그리고 애령이 손을 내미니 20원짜리 지폐를 건네 주었다. 손등에 검은 점이 있었다. 점을 본 애령은 이상한 느낌을 받았다. 속으로 생각했다. '설마 그럴 리가.'

그 사이에 서빙하는 남자 직원이 출근했다. 완자면이 완성되었다. 남자 직원이 짐꾼 테이블에 서빙했다. 음식이 나오니 짐꾼은 모자를 벗었다. 대머리였다.

"역시 그럴 리가 없지."

안에서 보고 있던 애령은 그렇게 혼자말을 했다. 갑자기 사이렌 소리가 났다. 2차 세계대전 때 희생자를 애도하기 위한 의식이었다. 그 당시 일본군은 국민당과 공산당을 없애려고 중경을 융단 폭격했다. 공중에서 3년간 거의 만 발 가까운 폭탄을 쏟아 부었다. 중경 사람들은 그날이 되면 왜 도시에 사이렌 소리가 나는지 다 알고 있었다. 이유를 알기 때문에 별로 개의치 않고 생활한다. 사이렌 소리가 울리자 짐꾼은 테이블 밑으로 들어가서 몸을 부들부들 떨고 있었다. 놀란 애령은 밖으로 나왔다. 그리고 짐꾼에게 다가갔다. 정수리에도 점이 있었다. 가까이서 얼굴을 가리려는 손등 점을 보니 지유 오빠였다. 순간적으로 너무 놀란 애령은 입에서 게거품이 나왔다. 그리고 짐꾼 앞에서 쓰러졌다. 서빙하는 남자 직원이 너무 놀라서 나왔다. 애령은 이미 기절한 상태였다. 다급하게 120에 전화를 돌렸다. 그리고 구급차를 불렀다. 사이렌이 끝나자 짐꾼은 의자에 다시 앉았다. 그리고 완자면을 먹기 시작했다. 곧이어 구급차가 도착해서 애령을 싣고 갔다. 그는 다 먹고 싶었지만, "참 재수 없는 날이네."라고 말하며, 마지막 한 젓가락을 남겨두고, 그냥 의자에서 일어났다.

아래쪽을 보니 매점이 있었다. 지게를 들고 아래층으로 내려갔다. 매점에 들어가서 냉장고를 열었다. 그리고 코카콜라를 한 병 뺐다. 그리고 주인에게 얼마인지 물어봤다.

"4원입니다."

주머니에 5원짜리 지폐가 있었다. 그리고 매점 주인에게 그 지폐를 건넸다. 주인이 말하길,

"요즘에 누가 현금 쓰나요?"

그러면서 답답한 표정으로 짐꾼을 쳐다보았다. 짐꾼은 대답했다.

"나도 내가 누군지 몰라요."

그러면서 짐꾼은 잔돈은 필요 없다고 말하고 가게를 나왔다. 밖으로 나온 짐꾼은 콜라를 벌컥벌컥 마시며 인파 속으로 들어갔다. 인파 속에서 사이렌 소리는 들리지 않았다. 그는 몽중인(梦中人)이었다. 군중들 사이로 사라지는 지유를 보며, 천안문 대학살 때 미쳤던 작가도 18계단에 등장했다. 작가 본인은 거의 제정신으로 돌아왔다고 생각했다. 거의 40년 동안 지유를 지근거리에서 따라다녔다. 왜냐하면 미령을 만나지 못하게 하기 위해서였다. 미령과의 약속을 지키고 싶었다.

"내가 치매에 걸리지 않는 한, 너 옆에 있을게…."

결국 지유의 약속은 작가에 의해서 지켜졌다. 그러면서 작가는 혼자 중얼거렸다.

"소문에 이 소설이 인류의 운명을 바꾼다는 건 '카더(xx)'라일 뿐이라고…."

"그리고 인간 자체가 오타라고…."

"그런데 그 오타가 세상을 구한다고…."

그러면서 모든 주인공이 다 죽었기 때문에 에필로그를 쓸려고 애령과 지유를 마지막으로 랑데부 시켜주었다. 결과는 대성공이었다. '애령이 게거품을 물었기 때문에….' '어렸을 때 영화감독이 꿈이었던 것도 지나고 보니 오타.'였다고 하면서…. '자신이 찍던 영화 피쿼드(Pequod)가 미완성 될 줄은 몰랐다.'고 하면서… 이제는 '탈탈 털린게'가 아닌 '그해 양청후 털게는 사라졌다.'에서 자기가 할 수 있는 일은 없다고 하면서…

주인공들을 모두 다 놓아주었다… 이제 작가도 몽중인(夢中人)이 되었다… 지금쯤 사담 후세인 두뇌에 들어가 있겠지… 그럼 지금 누가 쓰고 있지… 다행히 약간의 잔재의식이 남아있었다… 그러면서 솔직히 얘기했다. XX보이가 도발하지 않았으면, 이 작품도 지구에 없었을 거라고… 사실 2017년에 뼈대만 그려놓고 쓸 생각이 전혀 없었다… 이제 끝이야… 끝이라고… 또 걱정이 생기네… 이 소설 뜨면 안 되는데… 근데 과연 이 소설이 영화로 만들어질 수 있을까… 그럼 메가폰은 누가 잡지… 궁금하네… 볼이 나보다 커야 할 텐데… 이제 결론을 얘기하고 소설을 끝낼 생각이다. 작가에게 오타는 죽음이다. 신이 선물로 우리 인간에게 준 오타는 自家發電이었다. 인간은 量子다.

再见

calamus gladio fortior.